中国少数民族
文学之星丛书

祖先照亮我的脸

羊子 著

作家出版社

编委会名单

主　任：阎晶明　邱华栋

副主任：彭学明（土家族）

编　委：

包明德（蒙古族）　叶　梅（土家族）　孟繁华　包宏烈

尹汉胤（满族）　刘立云　宁　肯　张　柠　刘大先

黄德海　陈　涛　杨玉梅（侗族）　郑　函（满族）

以民族的情意，打造文学的星辰

——"中国少数民族文学之星"丛书总序

邱华栋　彭学明

　　"中国少数民族文学之星"丛书是中国作家协会少数民族文学发展工程的一个新项目，于2018年开始实施，由中国作家协会创作联络部具体组织落实。出版"中国少数民族文学之星"丛书的目的，是重点培养少数民族文学中青年作家，打造少数民族文学精品，为那些已经在少数民族文学界和全国文学界成绩斐然、广有影响的少数民族中青年作家再助一力，再送一程，从而把少数民族文学最优秀的中青年作家集结在一起，以最整齐的队伍、最有力的步伐、最亮丽的身影，走向文学的新高地，迈向文学的高峰，让少数民族文学的星空星光灿烂，少数民族文学的长河奔流不息。以文学的初心，繁荣民族的事业；以民族的情意，打造文学的星辰。

　　入选"中国少数民族文学之星"丛书的作家，必须是年龄在50岁以下的、在少数民族文学界和全国文学界广有影响的少数民族作家。不管是否出版过文学书籍，只要其作品经过本人申请申报、各团体会员单位推荐报送、专家评审论证和中国作协书记处审批而入选的，中国作协将在出版前为其召开改稿会，请专家为其作品望闻问切，以修改作品存在的不足，减少作品出版后无法弥补的遗憾。待其作品修改好后，由中国作协统一安排出版，并进行广泛的宣传推广。

中国是一个多民族的大家庭。每一个民族都沐浴着党的民族政策的光辉、感受着党的民族政策的温暖，都在党的民族政策关怀下，蓬勃发展，欣欣向荣。在这个伟大的新时代，我们正创造着中华民族的新辉煌。每一个民族的发展与巨变，每一个民族的气象与品质，都给我们提供了生生不息的创作源泉。我们每一个民族作家，都应该以一种民族自豪感，去拥抱我们的民族；以一种民族责任感，为我们的民族奉献。用崇高的文学理想，去书写民族的幸福与荣光、讴歌民族的伟大与高尚；以文学的民族情怀，去观照民族的人心与人生、传递民族的精神与力量。

我们期待每一位少数民族作家，都能够到火热的生活中去，到广大的人民中去，立心，扎根，有为，为初心千回百转，为文学千锤百炼，写出拿得出、立得住、走得远、留得下的文学精品。不负时代。不负民族。不负使命。

2019 年 5 月 18 日

目 录

同岷山高　如岷江长

——序羊子的诗集《祖先照亮我的脸》

汪守德

　　5·12大地震发生后不久，我带领一支文艺创作队伍走进了汶川，去采访抗震救灾的部队。当我们乘坐的直升机降落在一片开阔地，举目四望，只见山河破碎，满目疮痍，烟雾四起，汶川仿佛仍陷在大地震的恐惧中，深深地、惊悚地颤抖着。从那时候起，一个民族比以往任何时候都更加清晰地走进了我们的视野，这就是羌族。羌族是这次大地震首当其冲的受难者，不仅有众多无辜的民众血洒山河；与我们采访返程时处于同一空域与气象条件下的，执行救援任务中坠毁的我军直升机机长邱光华，也是一位英雄的羌族兄弟。

　　来去匆匆而又满怀悲痛的我，在一定程度上了解了从远古绵延而来，被岷山岷水环抱的民族，但我并没有对羌族拥有更深的解读，她对于我依然是个谜一样的存在。多年后的今天，当我读到羌族著名诗人羊子的诗集《祖先照亮我的脸》，如同有一种记忆被唤醒，有一种断裂被接续。我试图从诗人用一首首作品铺成的精神通道中，去寻找某种我似乎说不清的，却意欲使之澄澈的那个世界。我随着诗人思维的深化与激情的抒发，深入到羌民族的历史、生活、灵魂深处，达到诗人诗意、情感、思辨的高处，去感受羊子所赋予的诗的想象力和创造力，欣赏其作为诗人独具的才华和诗情。这自然要感谢中国作家协会创联部组织的"中国少数民族文学之星"的评选，让这位早已成就斐然的优秀诗人，站在一片更加令人瞩目的文学或诗歌的高地上。

我与羊子并不熟悉，只是在改稿会上初次谋面，而会议安排紧凑，我也只是对其诗集发表一点浅见，而未有与其进行深入交谈的机会。我只是从他的《祖先照亮我的脸》中，读到诗歌中的羊子，而不是生活中的羊子。我在读这本诗集时，往往会情不自禁地停下来，想象这个我还非常陌生的羊子，是怎样的一位诗人；想象他的每一首诗，甚至是每一句诗是如何产生的，又是在怎样的情境下写成的。作品是作者与读者之间的桥梁，阅读自然使读者与作者通过作品建立起了最好的联系，我自然也是通过这本诗集通向羊子的诗歌世界的。羊子与我互加了微信之后，给我发来了一些关于他诗歌的链接，使我惊异地了解到，在这部诗集之前，他已经洋洋洒洒地出版了 8 部诗集。作为偏居一方的诗人，羊子显然在诗的王国中跋涉了相当长的时日，且收获惹眼。从我读到的他的诗作，以及诗评家对他的评论看，他的诗既是高产的，也是高质的，因此他从众多的诗人中脱颖而出，崭露头角，不足为奇，他已然是一位相当成熟的诗人了。

《祖先照亮我的脸》只是羊子众多诗集中最新推出的一本。我们从他的诗作中，可以看到一个静观默察的羊子，一个沉思冥想的羊子，一个始终与诗同在的羊子。他是西部之子，是苍茫巍峨的岷山、奔流不息的岷江孕育了他，长成了他。他的诗作如同岷山一样高耸，如同岷江一样悠长，给人以回味无尽的余韵。他的诗作中出现频率最高的词汇就是"族群"，这或许表明他思考的起点就是他的族群，他审视世界的角度与抒情的依托和归宿也是他的族群。如："源头营盘山是岷江大峡谷，第一块升起炊烟的文明的母地，弥漫性灵，智慧和族群的歌舞，打水的陶罐，狩猎的弓箭和手棒，挂在胸前凝聚方向的玉珮，吆喝石锛石斧走进土壤，锁鱼网线在手中，起落有韵，火光，火光，熊熊的火光，生长在漆黑的天空之下，烛照西南河山，一片通红。"（《岷江的高度》）他或许充分意识到了自己的身份与角色，即他潜意识中把自己当作这个民族精神文化的最优秀者，因此有一种发生于内心深处的自觉与担当，也就是说既要为这个他所属的民族代言，成为这个族群在现代世界的杰出书写者，也要尝试将这个族群推向某种哲学的、精神的、诗意的高度。我想，一定有一种力量强劲地驱使着他前进，让他停不下来。

当然，羊子诗作涉及的内容是非常丰富的，与族群相关的祖国、家园、人生、理想、信念等，都是他观察思考的重要方面，并且进行着富于诗情的抒写和真诚歌咏，在字里行间散发出赤子般的挚爱与赤诚。譬如汶川大地震给他的内心留下了挥之不去的永恒伤痛，这情感之筋也成为他凤凰涅槃式歌唱的一个经常性的主题，听起来既沉重又慷慨，如："缺氧的大地和心灵早已满脸青紫"（《活着真好》）。"扶正生活的节拍，前进的步伐，汶川以大禹故里的身躯，古羌乐土，熊猫家园的形象，用华夏民族真爱擦去周身的血泪。"（《从废墟中站起来》）他的一双眼睛、一颗灵魂似乎时刻在历史与现实的一个个坐标上凝视与聚焦，并且在给眼中的人物与事物定位之后，进行深耕细作式的开垦。继而反映出诗人内心的执着深沉与所追求的不平常的表达。力求出新出奇的结果，使羊子的诗作充满了艺术张力，总给人以刚健奇崛的感觉，也从而有力地刷新了人们对于历史、生活、物象的原有印象，也从而引领读者随其一同飞升，真正达到诗意遍布的审美境界。

羊子的诗是现代的，也是具有古典意味的。有的诗作颇具少数民族史诗书写的味道，大气磅礴，深邃厚重，如："向空啸啸，向空驰骋，夜的战马在族群的子夜，踏破生命中的每一片宁静，寻找一个时代的战场。"（《夜的战马》）同时也有偶感式的小诗，清新隽永，自在灵动，如："岷江的枝头上，羌寨一朵一朵散出幽香，莎朗点燃山歌，火塘沸腾咂酒，我的心，我的心扔掉思念，跟上枇杷追随樱桃，杏子牵出李子，核桃挽住枣子的手。"（《时间的聚光灯撤掉》）这都从多个侧面体现出羊子诗歌创作的不同风格与追求。诗意满满的羊子一定会在这条道路上继续前行，并且会让文学之星的星光更加灿烂，我们期待着。

第一辑

时间擦拭这些美

岷江的高度

顺着三星堆的目光，
越过成都平原，
深入到岷江大峡谷里面，
这，仅仅是一切事件，
刚刚拉开的序幕。

现实的阳光，忽明忽暗，
因为天气不定的关系，
我们要习惯于拨开现象看本质，
熟悉久违的深度，像血液，
阒静无声，鲜红岁月的底层。

山峰因为海拔的剧增而躲进云层，
传说因为考古而深入历史，
岷江因为文明而牵动西南的神经，
于是，感怀的雨水空前洒落，
文字终于尝到民族的底蕴。

七千万年前一个奇妙的瞬间，

古老的岷江开始蠕动最早的心意，
一点一滴吟唱在白云之下，
遐思，漫步，奔走，欢腾，
把整个高地当作最宽的舞台，
渐渐地，岷山成了眺望的风景，
泥土沙石纷纷远走，
一跃而成为四川盆地西部的基石，
成都平原的母胎和儿孙。

源头营盘山是岷江大峡谷，
第一块升起炊烟的文明的母地，
弥漫性灵，智慧和族群的歌舞，
打水的陶罐，狩猎的弓箭和手棒，
挂在胸前凝聚方向的玉珮，
吆喝石锛石斧走进土壤，
锁鱼网线在手中，起落有韵，
火光，火光，熊熊的火光，
生长在漆黑的天空之下，
烛照西南河山，一片通红。

意志顺江而下，奋拓不羁，
野猪的嚎叫淹没不了手臂的力量，
族群的胸膛爬满崭新的山脉，
岷江腾挪翻飞在峡谷之中，
磨砺惊悚的目光成闪亮的利器，

到对岸，到对岸去寻找更多的故乡，
天空像一扇大门，嘎吱一声，
洞开一道辉煌的通口。

炊烟缭绕，追逐着黑熊的脚步，
群山腆着生动的宝藏，携手春秋，
捧出虎皮，果实，羚羊和人参，
族群被贿赂得翻山越岭，牛气冲天，
所有神灵，只会挥舞一面旗帜，
向西，向南，前进，前进。

就来到大渡河边，横断山巅，
采摘磅礴的果实，收割野性的生机，
树木让出道路，山野腾出空地，
茅屋中长出坚硬的石墙一道道，
飘忽不定的风雨，顺着手指的方向，
跌落蛮天野地的雄壮美。

一泻千里的岷江，轰然南下，
族群的节奏被心跳的速度提升，
南方飘来的云总是这么细腻，
柔和、艳丽得叫人心神不定，
就走下群山，来到一望无垠的平原，
多肥沃的一片土壤，紧攥在手，
多平坦的一片辽阔，行走在脚下，

驱散雾瘴，将多年的噩梦斩尽杀绝，
在岷江边上筑起一个叫宝墩的城堡，
水来了，很野的水，又来了，
比手中的武器，城堡的抵御强大多了，
呼吸中冉冉升起疏通的信念。

坚定，寻觅，开垦，拼搏，
在远离岷山的这一方时空中，
族群的记忆复苏不了祖先的经验，
迈出的脚步搜索不到回归的路线，
开创，适应，推敲，守卫，
凝结众多的牺牲和忠诚的祭奠，
在郫的土地上扎下一丛望帝的根。

向南，沿着岷江流动的方向，向南，
深入腹地，辟开平原的温情，
竹楼一间间，仿佛手指团聚在手心，
一切苦难仿佛终有一个灿烂的结局，
向东，向西，顺着可能的方向，
形成玉石的巅峰，青铜的极致，
在三星堆无与伦比的光芒下，
暗淡了岷江上游蚕陵古国，
暗淡了传说中大禹故里刳儿坪，
暗淡了金沙巨型船棹掀起的惊喜。

青衣江很柔，大渡河很宽，
箭头一样的南迁，仍然在继续，
平原尽头不是峨嵋山下的乐山，
岷江的去向是唯一可信的指南针，
族群支脉忠于滔滔岷江的主流，
向前，向前，一往无前，
融进西南崇山峻岭的烟雨，
南流的岷江作为长江的源头，
默默记忆在明朝以前的史书典籍。

此时，上游石纽山上石室飘香，
鲧之子名叫禹，早能辨水识山音了，
奉天的睿智率领部族的根脉，
从掌心孵化的第一粒雪水开始，
注定了四海归一的使命，
天地因之而跌入朦胧岁月。

汶川之歌（组诗）

雷雨之中

雷霆，从蛮荒时代滚来，
一个碾过一个的巨响，
在汶川人受伤的心扉上回荡，
这真是一个创造英雄的时代。

帐篷漏下的冰冷和无情，
被坚定的芬芳的大爱一一抹去；
夜色中起伏的狰狞和恐惧，
被刚健的火红的双脚一一踏灭。

还有什么比收拾雷雨更加幸福，
在这山崩地裂的危情时刻，
还有什么比所有花朵安然开放，
更加妩媚我们的灵魂。

指挥部

凋零的山河瞬间呈现，
尘土覆盖下的童谣和山歌，
瓦砾钢筋一样抵痛胸口，
指挥部的灯，心脏一样跳动。

汶川，远古岁月中诞生的家园，
缕缕炊烟全被埋葬，
奋进的步伐生生折断，
指挥部的眼睛，一眨也不眨。

起航！汶川的诺亚方舟，
穿过地动山摇的心海；
起航！汶川的希望之舟，
满载信念和信心，破灾而行。

飞 机

尘土之上，祖国的关怀终于来了，
隆隆的话语扶直东倒西歪的身影，
仰望，在残存的空地当中，
倾听这久违的世界有声有色。

飞机飞来一片欢欣鼓舞，

希望迈过死亡的陷阱，
在稀饭清亮的倒影中，
绽放灵魂纯净的花朵。

飞机抛下深情的问候和期待，
汶川不哭，汶川背后是中国，
地狱饕餮最怕众志成城，
梦魇之后，国徽照亮汶川风采。

悼同胞

我血液一样无比青春的同胞，
在爱的目光中传递着家园，
吟唱祖先开天辟地的歌谣，
胸膛抚慰千古奔流的岷江。

我诗歌一样追求完美的同胞，
多少年节衣缩食，修为一片丹心赤诚，
挺起汶川崭新的脊梁，
与国同心，携手世界的文明与先进。

我眼泪一样清澈见底的同胞，
从地狱深处挣脱的这一场灾难，
钉子似的揳入国家的记忆，
从此，幸运的汶川与生命一齐茂盛。

从废墟中站起来

一个人，又一个人站了起来，
在天安门亲切注视之下，
汶川忍着剧痛，终于站了起来，
顺着五星红旗指引的方向。

扶正生活的节拍，前进的步伐，
汶川以大禹故里的身躯，
古羌乐土，熊猫家园的形象，
用华夏民族真爱擦去周身的血泪。

废墟依然，喘息着鬼蜮的寒气，
万众一心将重生的火炬一一点燃，
滔滔岷江洗尽满面悲伤，
汶川可爱，如海天一样迷人。

记忆生死

当黑色尘土蒙蔽天宇之前，
许多花朵如我一样，纯净美好，
古老血脉流淌着青翠的歌谣，
两只蝴蝶，烂漫在生命的花丛。

沉重的铁拳还是砸了下来，

大地筋骨折断了，肌肉坍塌了，
天空不见了，人世消失了，
听凭魔鬼的手指肆意穿行。

深埋地层的惊恐和死亡，探头，
疯狂吞噬蓊蓊郁郁的生灵，
文明远去，洪荒到来，
声声鸟鸣跌进未来化石的中央。

草木伤

青绿五月的草木，生活的风景，
被崩裂的群山砸进地狱，
赫然亮出一片片伤楚，
一任时间的鸟语在上面，干旱。

连同雨露千年滋养的梦想，
岷江河谷一等再等的原始森林，
绝望在上帝无语的魔爪之中，
种族的使命，缥缈成天外绝响。

我和奉命的文字，放牧悲情，
在一处狂风呼啸沙石飞奔的地段，
居然凝眸静思，心通千层之下，
仿佛青帝致辞草木，凄然默哀。

活着真好

黑色尘土下，所有生命悄无声息，
蓝天旋转着一头栽进绝望，
群山珍藏的岷江，细若游丝，
多年的心血和理想瞬间凝固。

72 小时深埋底层，与世隔绝，
缺氧的大地和心灵早已满脸青紫，
五月的青春发出穷途的喟叹，
生命孤岛越漂越远，越窄，越小。

第一声短信问候从天外降临，
久违的人性之光照亮破碎的河山，
活着真好，甘露似的润泽心扉，
日月纯粹的呼吸，每时每刻都美。

茅坡之上

红红一盏国旗照亮了茅坡的下午，
读书声，鸟儿一样滑出呻吟的教室，
轻轻停落在年轻宽阔的爱心之上，
所有庄稼一齐投来完美的敬意。

茅坡之下，向着岷江奔跑着岩石之兽，

一双双稚眼在茅坡之上，净澄如湖，
湖水中荡起 4 名教师悠远的渔歌，
尘灰过后，操场上写满工工整整的少年。

大大小小狂风暴雨簇拥在地震周围，
简易黑板上始终鲜红一枚太阳，
月季花香慰藉着破败的村庄，
空投的帐篷安心一个个温暖的家。

不倒的羌碉

从脚下泥土中站起来的这些羌碉，
与汗水和生命相融在一起的羌碉，
走过无数风雨和战争的硝烟，
巍然挺立在汶川地震的废墟之上。

一代代祖先与神灵庇护下的羌碉，
释比鼓驯化和沐浴风情的羌碉，
指引梯田翻山越岭，追赶族群，
赞赏岷江呵护溪水，也拥抱汪洋。

欣欣然告别柴门走进网络的羌碉，
千百年来千沟万壑用心朝觐的羌碉，
古老神韵滑过天边，落户各国的眼神，
海水蓝的问候，激荡胸膛。

军人，军人

坚定地，从八一南昌枪声中走出来，
走向中华民族岌岌可危的最前沿，
斩断三座大山灭绝人性的魔爪，
这是中国的脊梁高耸在天地之间。

忠诚地，以血肉之躯筑成国家长城，
让糖衣炮弹和航空母舰望而兴叹，
让祸国殃民与叛国求荣闻风丧胆，
巍然挺立世界东方，军旗如山。

英勇地，神龙般翻飞在和平年代，
钢铁步伐踏平天下大灾大难，
虎豹之手掐灭多少人间凄惨，
纵然牺牲也要托起汶川在中国西南。

医疗救援队

呻吟之声从血流如注的身上，漫出，
往日盎然的生机被拖向地狱的边界，
只差一步，受伤同胞回不到太阳底下，
全靠这些四面挺进的医疗救援队。

汩汩的爱心，顺着争分夺秒的节拍，

一点一滴渗进数日伤痛和渐渐虚弱，
每道眼神和着每双妙手都深情抚慰，
一个个虎视眈眈的魔鬼终被击退。

这是与绝望和死神较量的战争，
毅力穿过昏暗低矮的天空，
辟出生命的开阔地，烛火团聚，
在激情澎湃的红十字之下。

樱桃心

这是地狱嫉妒的五月，
汶川樱桃如爱情一样熟了，
秋波荡动四面群山，
微笑的岷江走过麦地的身旁。

一篮子山清水秀的樱桃，
从 8 级地震的虎口之中，
被铁邑二组紧握锄头的粝手，
夺下，用生命的丝绸轻轻罩住。

一定要送给践灭灾难的军人，
一定要送给以胸膛环护家园的领导，
请他们看看红红樱桃的心，
润润他们不舍昼夜的情。

农 民

我看见这些内心碧绿的农民，
忍住一无所有的悲伤，弯下腰来，
跪倒在废墟之中，让不屈的灵魂，
去拯救被深埋在黑暗里的玉米。

我听见这些用庄稼说话的农民，
迈着走过悬崖峭壁的脚步，爬上树，
将五月的樱桃从灾难手中夺下来，
送给地动山摇中走来救援帮助的人。

我发现这些与土地相依为命的农民，
迎着晨光抖落伤痕，唱着山歌，
走进余震中不断痉挛的家园，
翻动破碎的心血，请生活回家。

静静巍峨

一定是突破一个领域，撞开一角球面时间之后，
生长在另一个时态空间里。次第变迁抬升。

一定是深深依托脚下的根基，
不住回往的领域，
体格与胆魄，细细绵密在时间中承续相通。

微情的风的光芒，
清静我每一个侧面，正面和里面。

那些深藏在时间海水下面的故土，
乡亲和母亲，童年泪光和胆怯，
仰望中的朝霞和胸口里的千山万壑，
那些被流荡的底层海水左右摇曳的人生，
那些活着踩着晨光和夜光开垦的族人，
那些层层铺垫而去的先人，
那些经历，那些创造，那些生活和生存，
那些起起落落的山山水水，
都根植在记忆里，

含着笑，藏着泪，

看我茁壮凛凛而高远的熟悉与陌生。

现在请再一次环绕我，拥抱我，

渗透我，准许我——悲歌，欢舞。

昆 仑

说他山高，是他与天齐，
说他没有，他根本上就不存在，
旷世的季风吹拂灿灿的目光，
若草，如泥，等峰，同佛。

默诵第一缕光芒，从混沌开始，
我是昆仑山中生长的一脉天机，
掐指生命的偏僻与独尊，
修为思想的缥缈和坚定。

终于等到青春的心性冉冉，
想我急切的脚步穿过这人间
一高再高的深渊，融入峰山，
挥动的手臂，飞舞花蕊的幽香。

定然走来先祖悠远的灿漫，
左手握紧黄河的落涨，
右手漫开长江的浩荡，
热血中淬炼未来必来的我。

安 静

我是说我自己要安静下来。

我实在没有心思空出手来，
让这个世界在飘忽中安静下来。

是风在运转眼前的一切，
我同身边众多的山水一样，
在时间的汪洋中转运自己的物资。
唯一不能确定的是风要到哪里去，
风他自己都不知道，
可能要高过雪山，
可能要卷进忽然的失踪。

这风带着我之前和现在的时间，
带着身边从前和现在不断冒长的世界。
这风爱上了每一个我和每一代我们，
每一个领域，每一秒钟的华丽。

我只能让自己安静下来。

这个世界被动的穿越与繁复的新奇，
已经让很多事物放弃自主。

在翻飞的经历和飘忽的迁移中，
我努力让来自大地的眼睛盯住大地，
泉水潺潺、山路跳跃腾挪的智慧。
努力让生长在心灵的耳朵倾听心灵，
疼了累了的神经开放花朵。
努力让走过山岗的双脚回忆脚印，
回忆脚尖脚掌脚跟的力度与信任。

安静的角度中，我向天膜拜，
那长空浩荡的本色与海运奔走的规律。
我想念安静中打开的一扇扇门窗，
莲的，叶的，芽的，湖泊的，村庄的，
尤其是雷电撕碎的黑夜。我想念。

安静中我看见自己的身体清澈见底，
看见万物的重心与地心同步，
翻转和悬空的姿势与山水同步。
我与自己同步。

夜的战马

向空啸啸，向空驰骋，
夜的战马在族群的子夜，
踏破生命中的每一片宁静，
寻找一个时代的战场。

所有时间编排成唯一的黑色，
以力量支撑战马的冲刺。
一切星光隐藏在呼吸的深处，
狂啸的热血将分娩璀璨的晨曦。

漫长的族群遗传另一种漫长，
穿过蒙昧的泪水和遥眺，
滤出一滴一滴心跳与尊严，
在战马脚下熔化坚硬的岩层。

族群和时间越来越近，
整片夜色是战马的一双眼睛，
一秒秒吸纳是缎面肌肤的美，
从第一声咆哮开始，直达人类。

请让开一下

你们一个一个挡住我三千年后回家的眼光了，
高楼厂房和别墅请你们让开一下，
哪怕就那么小小一毫秒，
街道柏油路高架桥和公园请让一下，
哪怕是亿万念想中的一闪念，
我的目光和做后裔的感恩就要回家了。

你们塑料灵魂和转瞬即逝的钢筋水泥，
请都让开一下，我要拥抱我的祖先。
你们成堆成堆的都市和类都市，
也请让一下，
请支持我满怀成就回到三千年前，
告诉正在欢笑正在祈祷正在丰收的祖先，
天府之国的神灵照亮了三千年后的天空，
西王母痛爱的这滴滴岷江水都是甘露，
昆仑玉的柔情熄灭了饥饿的兽性。

大禹导江引流而来的滚滚车流与滔滔人流，
你们，都请让开一下，我要回家！

正和反

好吗？风吹得一点音信都没有，
我在尘土之外。我看见我。
梅和花开成一屋芬香与寂静。
太阳都走了吗？太阳他在头顶上吗？

风暴刚刚过去，在真心的土地上，
珍藏着毁灭与崭新的交响交错。
多么美好！我站成雪山的高度。
左侧是长衫跌宕的古羌青藏大地，
右边是一只手撩拨的浩海长发。

我说我看见了我经常正面的背面，
一直背面。现在，我面对这个背面，
让我看见习惯的正面成了背面。
此刻的眼睛看见我多维多层的面。

还有好多面在等着我，这个世界。
愤怒的梅和花开放我的正和反。
不高兴。我说。我跟你不一样。

我说。我和自己不习惯。

好吗？那么多飘雪开放的莲。
我喜欢。那么多寂静拓宽的深。
这么多辽阔青翠的神话中央是歌谣，
是牧羊的祖先赐予我的新娘。

不能让胯下的骏马失去主人

奔驰。奔腾。一匹和一群骏马，
从远古的大地疾驰而来。

血管里回荡鼓号的交响，
前方是双眸迎接的家园。

一千年的奔跑。一万年的奔腾。
这匹和这一群个个硕壮的骏马。

向我而来。一群影子。
以骏马的名义穿行的长风。

我看见。我是其中一匹，
所有奔腾以我的奔驰为中心。

这一群让主人飘逸的骏马。
我看见。让主人失去了身份。

让方向失去了意义。奔驰。奔腾。

成了传说在星空中的一道青烟。

飘落在现代文明的舞台，
点缀一种空幻的美。

我说。胯下的骏马这一匹或一群，
你不能失去主人的思想和灵魂。

你不能让奔跑成为身体的惯性，
你不能把主人想象成一根陶醉的鬃毛。

不能让胯下的骏马失去主人。
我说。我听见千年后的我对自己说。

不能让群山的巍峨放纵骏马的盲奔。
不能。不能让人马共生退出英雄的史诗。

不能让坎坷击伤呐喊奔腾的抒怀，
不能让峡谷幽幽收藏骏马的豪情。

不能。不能让这纯种的骏马失去主人。
不能让这祖先的骏马冲进时间的黑洞。

不能。我说。快快收紧双手中的缰索，
主人的心思就是骏马的心思。我说。

浮 现（组诗）

一

思想的海啸卷起情感的潮水，
一次次淹没我生命的大陆。

注定出世的那一尊昆仑，
美而崔巍，
在海陆交响的咏叹中，
带着几分神秘，
经过我的身和心。

回到万有共生的世界，
让岁月繁殖岁月，
让生命怀抱生命。

二

但是，我不知道我在哪里，
我不知道，

哪里是哪里？我是谁？

是的，我需要看见，
犹如光看见光的本身。

神鸟飞行的头顶上，
我站着。

无相的声音渗透细胞，
开启我全部的拥有，
以诗的名义，
我看见，我是普遍，
我听见，我是唯一。

三

慈悲打开一双翅膀，
智慧抖出两道眼神，
长风当餐，
呼吸昼夜，
四望的祝福是一根根羽翎。

飞过虚，
飞过实，飞过五千年高温，
飞过一万年低温，

依然磅礴，

头顶上那一个未来必来的我。

四

我是一股气息，

我是一道光芒，

我是宇宙的另一个倒影。

黑暗中的眼神是我，

燃烧里的冷静是我。

瞬间是我，

永恒是我，

可能与不可能都是我。

我经过我，

抵达我，

我是我的分支和源头。

五

我站着，

四面的时光浩渺我的虚无。

我站着，

神鸟的金冠装饰永生的我。

我站着，
万千天意簇拥我迎风高歌。

六

高歌在有形无形的从前与未来，
高歌在前世今生的梦里梦外。
语言决堤，
诗魂澎湃。

高歌在万有托举的昆仑，
高歌在人类惊魂的大海。

高歌在东方语言文字的情怀，
从第一声发音开始，
到绕梁不绝的最后一句。

高歌在继续，
高歌在徘徊。

七

徘徊是我的一颗心，
即使早已脱离亿万年的深埋，
早已牵手已知与未知的等待。

身躯停留在过去的未来，
目光停留在出发的母胎，
双脚亲吻四壁的风采，
双手攀援宿命的关隘。

飞舞的音乐褪去色彩，
我的触角，
触摸到物质与生命同时存在，
无论时间的深和浅，
不改我的呼吸，
对血缘母亲的爱，
我将族群的冷落揽进我心怀。

我看见物质纷纷变尘埃，
现出汪洋大地的模样，
孵化种种生态，
每一种，都是对方的伤害。
我的心怎么不徘徊？
我的心怎么不徘徊？

八

流云带走我，
朝阳雨露托举我。

光明照亮我，
我的一切终将离去。

穿过光芒，
播撒光芒。

穿过轮回，
放飞大鸟。

九

大鸟的飞行让悬崖陷落，
大鸟的飞行让深渊失踪。

所有的风从不同的海拔吹过来，
升成一个个可以信赖的天空。

大鸟归栖，让山川激动，
大鸟归栖，让月色清纯。

十

忽然的心跳，
让每个细胞都听得一句独语。

花，经过一棵树的怀孕育养，

经过八方四维的透视，

赞美和感激，

撕扯或打击，

经过希望之后的绝望，

浓香之后的无味。

一朵花，带走更多的花，

穿过季节，

跳进自己的源头，

看新的种子钻出大地，

魁巍成树，

率领一群花，跳自己欢笑的歌。

迎面是成都（组诗）

一年而所居成聚，二年成邑，三年成都。

——《史记·五帝本纪》

你，芙蕖或者锦缎

是你想了很久才认识到我。
我在锦江波澜映照的心里。

你以彩虹的目光照亮我，
我在你绿色蔓延的一次次轮回中。

你的话语是莲香冉冉，且近且远，
芙蕖，只是习惯的书名。

周身柔媚缠绕的春的霞光，
从一开始就决定了我的不同凡响。

岂止在波光粼粼的十五？
岂止在呼呼喷发的火山？

将喧嚣与奢靡在土地上轻埋，
花心只露蚕的丝笑。

你是我的，犹如光是星的，
犹如一院落成都，都是你的。

打开：门或者细胞

打开所有细胞，为了迎接，
冰凌和雪花歌唱的阳光已经来到。

打开所有门窗，酷热携西风早已远去，
我们伸出所有的触须，尽情吮吸。

所有的美。沉淀的，升腾的，
遗传的，新生的，一起进入今生今世。

不修饰，不珍藏，不展览，不挥发，
打开的心扉在于经历，在于成形。

在于五千年来烘焙的纯度之中，
书写一封信，拥抱一个人。

我，或者岷山中的玉

稻香寻找的水浪，一直上行，
经过李冰的宝瓶口，大禹的锸。

一直上行，我在群山中的岷山，
我的心一直是玉。世间失踪的那座玉。

最高的玉。端坐神话的源头，
顺着阳光，一路晶莹而下。

擦亮熊的牙齿，新石器时代的凿。
温润禹的母亲，三星堆后来的坑。

不说一句话，因为我有光，
有世俗欠缺的多个维度。灵和魂。

迎面是成都。我知道，她需要我，
正如锦缎需要体温，芙蕖需要夏天。

走，也可以奔流

大江是一种经过，海水才是本意。
岷江作了锦江，是因为剪刀的剪。

我知道生命的走，也就是奔流，
是人性，也是水性，万物的本性。

明白，也看见，并且坚持。
琴瑟递给我，是锦江生活的一部分。

不崩化亿万年的冰山，见证最早的美，
我允许冰山站成岷山，冷静这个世界。

海水很蓝，犹如冰山的心，
我的心。伸手可及。

岷江或者我，只有一部分经过丝绸，
经过诗歌，经过钢筋水泥深压的黑。

创造，喂养，分娩天府，
岷江的水浪从天上一直流淌下来。

细节：青铜或者金箔时代

揭去一层柏油路，铲掉几块房地产，
天空惊喜于再一次看见天府的细节。

青铜的神秘穿过草莽的生存，
撞开一层一层遗忘，点亮崇敬。

向天国献礼，向遥远膜拜，
每滴水声凝成音乐，涨满一生。

站在鸟的翅羽之上，迎接神的光芒，
不朽的黄金菲薄成最高的庇护。

照见大象的胴体，城郭，虎豹的牙齿，
甚至最大的棺椁，通灵的享馨。

太阳鸟飞来，湖水盈盈，太阳鸟飞去，
四季炊烟拍打着爱情，若有若无。

空空荡荡，如巨大的崇敬，或疑惑，
在一首体量狭小的诗中，弥散。弥散。

现代：忽略的另一个因素

太紧，太挤，现代的一切太匆忙，
目光追逐着扑面而来的幻影。

庄稼离开土地，被实验室浇灌，误养，
丛丛阳光被一盏盏灯光强势打击而取消。

三年成都。行走在尖端的车道上，

玄幻的姿势占领着低矮的生命。

走进现代，陶醉于塑料质地的爱情，
所有河山闭上双眼，转过头去，迎风修炼。

记忆地质形成的点点滴滴，分分秒秒，
一如太阳在头顶的上方，真正失踪。

不怨，不想，不听季节的马蹄，
叩醒每天的晨曦，或者内心。

不要最后的目的，是山顶的雪，
山中的玉，还是海陆之间最野的水。

这些荆棘

一定是要抓伤我的肌肤或者衣裤，
只要我是从中穿行，从旁经过。
所以我的明白让我放下伤口和伤洞，
继续我的方向和行动，
继续我的长期和卓越，
因为我深爱着我的迎面而来的未知，
深爱着我对这个世界多层次的发现。

我理解这些生长在道路中央的荆棘，
犹如我停下时间，特别走进他们的世界，
一路观赏这些荆棘种种的愿望，
共同的身姿和锐利的狭隘。
我尽量保持天空或者菩萨的状态，
以无有的存在和彻底的慈悲，
甚至，直接以另外一株荆棘的方式，
摇曳在这些远离天空的生命丛中。

他们也是不容易啊，作为一种生存，
铺排在营养稀薄的苍凉的群山，

即使是人类精心喂养的层层梯田，
因为隐性的安排和后天的进化，
早早放弃了伟岸与磅礴的可能，
与天性自由的绿草争抢着潮润，
暗获从天而降的雨滴。
长刺成了必然，成了自卫和节律，
以响应周身的习惯性干旱。
萎缩的声影隐藏着生命刚强的属性，
曲曲折折地收敛，也伸展内心的不屈，
与向天的渴望。

彼此会心，相互遮盖而且陪同，
仿佛鸟儿高飞的歌唱。
同源的天分捍卫生命的基因，
远离我，也挽留我，
即使用心用力，这些种种荆棘，
怎么也想象不到我从他们切身的穿越。

阳光照耀

我被山头终于露面的太阳看见了，
温暖放纵我的血液在生命中呼号，
久锁我的寒冷正层层退去，委落在地。
太阳轻轻撩开覆盖山巅的阴影，
我不禁看到我在阴山的跋涉与坚信。

阳光照耀的微笑多么美好，
被冰雪蓝光看透的身体畅想走进山的阳面。
周身的草木葱茏在苍茫的背景中，
谁也看得见谁的身高和渊源，
谁都纠缠盘根错枝的生计和快活，
谁都捍卫共同低矮而贫瘠的地理，
分享苍天飘洒的阴凉和风潮，
尤其阻挡我不合群落的风格和选择。

更多的隐晦与遮蔽等候着我，
更有力的疼痛瞄准着我，
玲珑的游戏规则触犯着我。
我的眼睛太清楚了，我的筋骨太适应了，

唯有我的脚步我的心跳超越这一场局面，
我让我的青春热血涂抹在这些冰冷上面，
我愿我的忧伤不要去伤害我的畅想，
我弃我的泪水于即将崩塌之前，
我把一朝一夕的我锤炼成柔韧不绝的人。

啊，我把我的身心放置在未来的时空，
我把我的暂且延伸到永久，
我把我一路护送到蓝光之外，
直到众多温暖，随时随处认识我。

我站着

我站着，众山就在我的对面，
其实，我在众山怀抱中，
众山环护着我，
我是众山心口上的蕊。

一字不说，我站着，
众山深爱着我。

众山输给我精液，
输给我体魄和力量，
众山把亿万年的记忆赐给了我，
把储存天空下的亲身经历赐给了我。

众山莲花一样一瓣一瓣地打开，
一瓣一瓣山峰都生长在我的心上。

从我的心，我看见众山，
众山是我的祖先和我的子嗣的家园，
众山是我的心。

我深爱着我的心，
我的妈妈青春在这样的心中，
给我童年，给我良知，
给我生命和高尚的能量。

我深爱着我的妈妈，
深爱着妈妈的每一个儿女，
每一个未来。

我站着，是大地需要看见我，
是海洋需要看见我，
是未来需要看见我，
是众山需要看见他自己。

歌 声

我的歌声与层层梯田上麦浪相融了，
与我的千山万水千村万户相依偎了。

宝石般幽邃的母语在季风的涨落下，
未有谁的眼神不因激动而发出振奋的光芒，
未有谁的翅膀不因照亮而拍击高远的天空，
每颗高树低草的心，每条远近蜿蜒的路，
都在迎接和歌唱时间的到来与炊烟的升腾，
座座山梁，烟云缭绕而神话的碉楼羌寨，
走出一个个祖先遗传心爱的崭新面孔，
多么矫健，坚定，完美，而且坚实，
手中奔腾咆哮着生命的温暖和磅礴。

我的心蔚然苍茫，紧紧搂住这山河的美！

雪花飘下天界玉脂琼浆，
怀孕的风云在群山中临盆分娩。
大地深处的烈火在土壤下一遍遍奔跑，
那旋律应和着西去东升的太阳神鸟。

种子，花的，果的，叶的，枝的，干的，
依次打开各自的主张，飘扬性情，
让真真祝福和想念来去无边。

一代神羊启开白石的光辉，
空灵漫山，自由而不灭。

我的歌声在岷山放眼望去的尽头，
像青春勃发的热恋中的手，
紧紧攥着甜蜜的大陆向前奔跑，
慈悲的海风将一部分歌声带进天空，
霞光一样绚丽群山的双眸，
在星点月色酣睡的夜晚，
化作淋漓的深吻，
吻遍群山金色灰色翠色白的缎面肌肤，
吻遍父母祖先一代代坟房，
吻遍儿孙日夜清晰的梦境与尊严。

在雨中

奔突的生命在缓缓行走，
扬花的玉米在默默灌浆，
一代代人走过的禹碑岭的路啊，
把我带到丛云的深处，
常年的雪山需要看见我的忠诚。

层层绵绵，从河谷升腾在雨中的云，
轻轻拍打我的双肩含笑来去。
走吧，深埋钢筋水泥中的孩子，
你的胸膛就是这雪山苍茫千古的爱。

滴滴的旋律是咚咚的心跳，
嚓嚓的脚步是朗朗的方向，
雨点朝下，雨点深吻饥饿的根须，
雨点甜蜜苹果的滋味，
雨点完美握紧锄把的羌人的心。

向上，雨点丛中的我，
步步高升着海拔，接近一种可能的神话，

诗的培育，与世界的等待，
伴云升高的我是雨中开放的兰，
把心打开，盛装从天哗哗而来的甘露。

入海岷江

入海的岷江经过长江，经过时间的延续，
星光般的行走与无穷的坚守和开拓。

岷江入海是地质的本能，也是水的本能，
岷江是海的一种源头，海的一种分布，
海从属于千姿百态，包罗万象的流，
岷江流是大海众多流中的一种，
穿插在长江途中的一个真实流，
常常因为麻烦而不需要分开尊重的流。

犹如上游两岸的梯田喂养的族，
从羊的命运中突然转折，
一边挥动小小的牧鞭，一边握紧犁头的把，
在波澜壮阔的群山，云朵和鸟鸣的旁边，
一个千年过去了，压过又一个千年的沉默，
这些以羌为名的人，翻晒种子的质感和色泽，
让习惯悠扬的双眼习惯梯田生长的节奏，
骑马的脚习惯麻绳一样粗糙的路，
胃习惯五谷，终于忘记最早的牛奶，

和羊肉的力度与香醇，
记忆走出祖先，走进流水轰鸣的峡谷。

岷江流是广大沉默流中的一个，
把丰腴的想象和期待一个一个卷走，
恩泽天府之国的人类，
被都江堰枷锁套牢的文明而野蛮的流，
奉送三星堆神秘天象，播散青铜与玉器，
经过大高原大盆地，不舍昼夜坚决的流，
太平洋对面从古到今的入海流，
岷江意义和本质归宗的流，
从我的心口我的命中经过的流。

故乡的泉水一汪一汪地积蓄和牵连，
汇聚，绕过歌唱的桃坪，古城坪，
绵虒和营盘山，汩汩汩地流过，
耕牛的嘴唇和父亲洗脚的手指，
这是核桃树苹果树水蜜桃树下的溪流，
从黑虎，赤不苏，雁门沟，
七盘沟，西羌沟，汩汩汩地，
流过石楼的磨坊与羌碉的凉影，
牵手众多兄弟姐妹，牵手涓涓细流，
成为山歌展翅，舞步翻飞的乐土。

岷江入海流，无生无灭的宇宙流，

岷山养育，期待从天归来的岷江流，
总体流，主动流，源地流，
劈开龙门山脉的伟大的流，
生长大禹的生死流，把握自己状态，
根深蒂固的真实流，穿越无数麻痹，
不被遮盖深埋的种族流，
不受沟渠水库挽留诱惑的大气流，
永远流，不停流，浩浩荡荡入海流。

幽 灵

千年前草原栅栏内骚动不已，
羊群看见主人祖先的幽灵，
从空中，从沾满露珠的草叶上，
从主人帐房走来，
不停驱赶羊群走出栅栏，走出夜晚，
走出这片熟悉的原野，
惊恐的羊群无法打开栅栏，
用力挤集在一起，向左向右向前向后，
像极不安定的水浪涌向木桶的边沿，
遥远星空闪烁一颗颗神秘，
很静的夜，很深的夜，无法天亮的夜，
丝绸一样裹着潮湿的牧场。

主人祖先的幽灵，
从过去无数代羊群的眼中消失之后，
第一次回来，回到帐房，
告诉熟睡中的子嗣，我是多么深爱着你们，
多么远地爱着你们，——太残酷了，但是，
我不得不告诉你们，这里即将旋起一场飓风，

一场短暂的飓风，一场永远的丢失，

被草原月光哺育、被雪山阳光沐浴的子嗣，

这里即将走完最美的回忆，

像我一样走得无影无踪，杳无音信，

睡吧，呼吸匀净地睡吧，

自由舒展地，美美地睡吧，

没有暴风雪没有飓风的梦境，

是牛奶味道的梦境，羊肉温度的梦境，

每一代的我们都忠于眷恋，讴歌，

经历和感动的梦境，

孩子们，这里即将被突然一场风雪所覆盖，

冰冻，埋葬，你们将看不见自己，

你们将离开自己，醒醒吧，孩子们，

我未来的孩子们，这里是祖先用火光和身体

温暖的家园，——你们即将离开的家园。

爱的深度，痛的深度，

像一片干净的月光照亮子嗣的梦境，

空气一样经过子嗣的梦境，

痛之深刻，爱之深刻，

我将如何告诉子嗣这种即将的命运，

即将的骨肉分离，

心碎遍野，血染故土，

远离自由与和平的昨天。

爱得深远，痛得深邃，

犹如这次灵光一现地回来，回来，

我是众多祖先中的一个，

不得不回来，从过去回到过去的未来，

现在，今晚的月光下，

多么熟悉的狗吠让我想起原野的美，

多么纯的狗吠，守护夜晚，忠心的狗吠，

我的狗吠，唯有狗吠看见了我，

唯有巨大的骚动看见了我，我的不安，

我的急切，我的爱，我的痛，

我的无语解释，我的驱赶，吆喝，

凶狠粗暴的抽打，唯有羊群看见了我，

看见了栅栏的局限，我的局限，

在我若有若无的幽灵中，

羊群看见了自己的局限。

但是，也许，我从未来回来，

没有一丝预兆和期盼。

从未来子嗣的梦境或现实赤诚的泪光中，

第一次安心地回来，

从当初不得不迁徙到另一片大地上地回来，

从未来灾难的獠牙魔掌中幸存地回来，

是的，我需要回来，我一定回来，

我是众多子嗣中的一个，

我回来是血脉回来，漂泊天涯的回来，

千年守护传递千年呼唤的回来。

千年前高原的栅栏内兴奋不已，
羊群看见主人子嗣的幽灵，我的幽灵，
被漫天风暴一次次撕裂一次次聚合，
被冰河和时间不断冲刷在时空中。
祖先的羊群，像一群群奔跑的海浪，
更像雪白莲花一样的云，吉祥。

羚 羊

临风而立于悬崖峭壁之上，
披霞而视于万丈深渊之上，
带风而跃于可能与事实之间。

最美！

溪涧一绺一绺，鸟鸣一声一声，
悬崖四周环布着森林，深渊四周环布着崇山。

我不知道羚羊的胡须从何而来，
我不知道羚羊的神圣从何而来，
我不知道羚羊通体金黄或者雪白从何而来，
我不知道羚羊最美的身姿从何而来。

高山冰川边沿的青草探出了头，
一棵一棵星星点点的新，星罗棋布的嫩，
永生的想象在羚羊血液里，哗哗地流淌。

在母羊唯一的胎盘里哗哗地流淌，

羚羊，现在的羚羊，野生威严的羚羊。

我不知道羚羊心中的歌唱从何而来，
我不知道羚羊奔跑的方向从何而来，
我不知道羚羊在灵光中捕捉的生命路线从何而来，
我不知道羚羊奋力一跃的瞬间从何而来。

迸溅神光，远离最后一脚的峭壁悬崖，
从众多的仰望和不可思议之中，
从一个高度，向另一个高度，
毫不间断地跳跃或者漫步，
中间隔着一道又一道岁月的河流，
一段又一段自然的深渊。

肯定，
羚羊是下到了最底最黑暗的深渊，
一步一步，完整地跳了下去，
踏着众多的危险，跃上
毫无路径和必然存在的又一个山巅。

披霞而视，
临风而立，
雕塑一般，
在悬崖之上，
峭壁之上，

万丈深渊之上。

没有人知道羚羊的速度从何而来，
没有人知道羚羊惊心动魄的跳跃从何而来，
攀升或者飞翔从何而来，
没有人知道羚羊的目的从何而来，
羚羊的终极去向从何而来，没有人知道，
羚羊的终极去向从何而去。

灵性的石头

一

掀开风雨煎熬的石头，

在迷离传说诱人的土地上，

握紧阳光冶炼的石头，

以平心静气的方式，

靠近一湾沉默的历史，

一点一滴一心一意，

从隐秘的地基开始，

熟悉一个民族久远的性灵。

二

很久了，是吗？

这样的石头，这样的硬度，

从曼妙的岁月跳下来，

从岩层的怀抱挣出来，

来到光芒丛中，嬉笑泉水边，

看漫山的牛羊顺着心思，

深入绿草蓝天，云一样飘动。

看桃树粉红春天，
看花椒麻醉一个夏天，
看麦浪淌过秋天，
看火塘团聚一个冬天，
一处处优美的村庄，
在岷江摇篮，在中国西南，
舒展一个民族青春的容颜。

一样的沉默，一样的甘甜，
石头与石头，与泥土簇拥一起，
把风霜揽进苍茫的胸膛，
把曾经的铁蹄和剑伤，
迁徙与沧桑，咽进碉房，
把梦想化作炊烟，
萦绕故园绿色的层层梯田。

石头，还是那些石头，
坚强的石头，勇敢的石头，
独立而且依偎，一步一步向前，
血液奔涌活力，手臂挽着手臂，
固守在群山之上，云海之上，
肩并着肩，盘踞在沟谷之底，
骨头一样响彻九霄。

三

是的，每一块石头，
都具体到恍惚的里面，
深居剧情的中央，
一言不发，又喧闹不止，
目光烁烁，又一分钱不值。
石头，永是坚硬的石头，
构建村庄，缝补河山。

我看见汗流满面的这些物质，
穿入我的胸膛，打击我的思想，
焚烧我倦怠生活的步履，
众多石头的目光像母亲的粝手，
一件件褪去我不洁的衣物。

我听见，一种沉闷的歌声，
在石头内部鲜活地流淌，
那是骏马嘶鸣的声音，
那是牧羊高天下的声音，
那是岁月凋零远古的声音，
如同耕种放手牧鞭，
山路急切呼吸，
岷江大峡谷走进红红的血管。

四

零乱的石头，从第一块开始，
与手的温度结下眷恋的情分，
在智慧与目光的旅途上，
凿开荆棘，生根群山，
是很深很久的宿命和抉择，
第二块，第三块，百千块，
无数块，整整齐齐，硬硬朗朗，
挺成铜墙铁壁的家园，
将野性，蛮荒和漂泊拒绝门外，
把心窝和爱情，
掏给火塘，族群和人伦规矩。

风也嵌进去，雨也镶进去，
多少风餐露宿都砌进去，
石头碉房的高度是星光的高度，
白石为之轮回，
日月为之巡守，
鸡叫，狗跳，牛肥壮，
五谷杂粮和羊的味道和质感，
丰富每一块石头上密布的神经，
日子一天比一天有嚼头，
笔直的石头向东，向西，向北，
倒角的石头向上，向下，向左右，

撑起大梁，中柱，椽子和各个房间，
石头成就村寨，成全艺术的殿堂。

陶醉了中国文字，西洋画笔，
黑发与未来闪进笛声，
锅庄散发生命的醇香，
好端端一个个夜晚兴奋不已，
白生生一段段生命旅程，
直抵岷山一个族群最深的蓬勃，
深秋像恋爱的姑娘一样，
倒进大地的胸口。

天空下的情怀

你折磨着我，
这伤痕一样的大峡谷，
岷江从中刻骨地流淌。
祖先的田园张望着一种期盼，
在我的目光尚未到达之前，
习俗与追求，像阳光一样强劲。

正午好威风啊！
敞开烈性的胸膛，
薄如汗衫的田地，
这么拼命地抓住悬崖与溪谷。
说什么好呢，
固守千年的饮食和族根？

一千种活下去的理由，
柴烟熏了又熏，
汗水浇了又浇，
神灵的看护名不见经传，
日夜丰盛秋天的供果。

天空下，嘴巴开放生机，
母亲只是一种，
祖宗培植内在的遗传，
泥土好香啊，岩石好温馨，
手指上的歌声是生命在燃烧，
山这边有寨，山那边有村，
青葱一代代筋骨的力度。

玉米下种了，布谷鸟在鼓掌，
牛羊伴随锄头，出没山歌的韵调，
抹上猪油的崭新的羊皮褂子，
行走在春秋扑面的山路，
坚持麻布的厚实和忠诚。
风雨如晴，日月如舟，
这些吆喝季风的倔强啊，
向日葵一般眷恋着今生与来世！

血液膨胀，四野依旧无声，
山对水的痴情远非一日。
渴望啊，乞愿啊，
海的蔚蓝从天空垂落，
深入骨髓的滋润，
烈酒一般浓郁，
来自远方的一颗颗心灵啊，

舒展着收获的触须。

脚步之下，山路干净如白骨，
穿过溪流、灌木丛的密地，
向上，越过高山草甸，
连接月光的美丽和天空的浩渺。

好纯的夜啊，好美的明天，
俊俏的山峦一座应着一座，
像女人的腰肢，男人的鼾声，
所有感动一齐出发，
什么也不说，双眼充满归宿，
只静静地，等待清风，
丝绸一样覆过胸膛。

第二辑

抵达你有多难

醉 言

我的心，你听着，

我只对你讲，我只是你的一次代言，

永远无法替代你本身，

诉说你作为一颗心的全部，

即便你就在我的生命中，

裸露或者掩藏，

破损或者遭受践踏，

一次次撑起头顶那一片天宇，

垒实脚步奔跑也徘徊的大地，

搏击翅羽滑翔的长空。

我的心，我只对你说，

你是我幸福的痴情，

请美美满满地珍爱我，

我将与我的生命一起，时时，

处处，陪你，伴你，感激你，

融入你，成全你芳洁永纯。

时间外套

心灵天空为镜，
谁在打扮，
这春天的面容，
绿绿嫩嫩，
吻你以会心静看。

静看。生命毛孔，
瓣瓣打开清香，
冬的寂寥扔进春的悸动，
笑声越过层重顾忌，
漫步龙山桃林。

桃林。鸟鸣擦亮，
一枝一枝恋情醒来，
窈窕更深，水色更轻，
恰着呼吸细语，
大地羞成一张婚床。

婚床。谁的心扉徜徉，

玉兰身旁，一身海棠，
红红卓卓的手指，
启开道道缘分，
尽头是我——你亲爱的自己。

生活有你

柔润生命的晨光，

从梦境山头，

喃喃睁开，

甜蜜吻向惺忪，

妩媚合乎心意，

寂寂幸福里的鸟鸣，

滑落窗台露珠，

在水仙脸庞。

一屋子静谧，

游过一尾尾脚声，

语言的灯光忽明忽暗，

不见人的聪明。

桂花吐纳幽香，

在叶脉的河山之上，

翱翔心的欢唱。

挽着温暖，

新一天旅行在人间，

很轻，很欢。

爱要轻轻

心灵窗外的海风，

拍着季节，

一胸膛一胸膛的山，

就绿了，

一波澜一波澜的眼神，

就明亮了，

嘹亮的等待掉进遗忘，

灵魂甘泉，

奏响冬眠根须的琴弦。

凌空耳语的声音是银色的，

张开知音的双翅，

飞过来，

飞过来，

心就柔了，

眼就笑了，

一层层金黄的呼吸，

熟透青春笑容。

玫瑰味的时间，

潋潋唇语。

庭院推远晨曦，

爱的海水漫过苍天。

一首诗抵达你有多难

幽香缕缕的回忆经过腊梅，
经过红梅，经过最后的海棠红，
澎湃我的潮水，弹奏月明，
在元宵的枝头迎送飞雪。

我在岷山高地护守海的上游，
你是知道的，海还那么嫩，
四面虚空照亮莲花的微笑，
族群岁月经过我，孵化新的神话。

一朵两朵雪花安居我的黑发，
长空牵手长风，擦拭尘寰，
你在我的心中拥抱你的遗忘，
相见躲进十五的汤圆，一碗月光。

七 夕

转身的时间散尽深吻的郁香，
回首摇晃记忆的星空。
我在你脚底消逝的那块高地，
瞭望或者抚摸，
一个个知己标榜的词句。

孤独升起，与月色消亡一样，
眸子里无情，骨子里深情，
从大陆花岗岩的硬度出发，
你说你走得好是春风，
你说你只去会那无垠之光，
你说我耳朵上长不出金色麦浪。

你说，昆仑圣山逃逸的那株玫瑰，
蓄着季节过早开放的思念，
赏我坠落或升腾，
跌出地狱，
闪入人间，

化成最后的忠诚和懊悔，

让冷风心痛，

让天宇空蒙。

绿 步

潜入光的背后，
开放一朵一朵无声，
含泪的花，拥着思念的火红，
灿烂抬头低头的悔。

无垠坠入无情，
折叠而隐退，
登月湖的波光和稻香，
任凭石纽山的荆棘石刻，
逃逸手掌，
岷江的涛声高举着昆仑，
撤出心坎。

歌声摇曳西溪的夜晚，
遮盖太阳的欢笑。
一记新痛，伸入荒冬，
路上一枚一枚呼吸，
是更多绿色脚步的孤和苦。

亲爱的亲爱

语言的风暴早已翻山而去，
滴滴鸟鸣回响，
一点点滑出颤抖的呼喊，
天空好空。

青春亲爱的一根根柔情，
是我手指深吻的渴望，
芳泽你鲜美的妩媚，
让留恋的目光一空再空。

岷江挽着我的沉默，
锦绣好好的岁月，
藏进牡丹重帏的深闺。

倒影回眸这一湾宁静，
泊我，如你。

爱的深蓝

一茎海啸链住深爱，

在众山拱卫的昆仑之巅，

吮吸星辰苍茫的光明，

地狱淘成天堂，

双手是美的爱的旋律，

一生一死，

万死万生，

每一缕呼吸都在说，

妥妥地死，

每一脉深蓝都在说，

好好地生，

绝望蹚出泪海和苦泽，

岸上是你啊，

岸上是我，

一朵花，铺天盖地。

梦见你

想我，
在不雕饰的梦里，
你是岁月凝结的珍珠，
散出莹润润的光芒，
从我眼眶涌出，
爱的品质。

那些镶嵌天机的距离，
距你，离我，
一千个神秘不见了，
万亿个无穷不见了，
唯有你，
穿出命运天象的层界，
承纳我，
原初的缥缈和真实。

想你，
太阳的温度藏进心窝，
你跨出我的疆域，

你游入你的宇宙，
你在你的掌心喷薄光华。

一千个千年转眼离逝，
亿万次心潮骤然寂静，
你在，永在，我知道，
我知道你穿出梦境，
投进思念来拥抱我，
一个梦的时间的倒影。

如果你来了，或者你走了

那些风燃烧的曲调，
扶着你锐利梦境的舞蹈，
绯红淹没我曾经等待，
笑容把你锻造成王。

显然我是王的翕动，
左面是千古，右侧是奔流，
你说，你来，指尖上的忠诚，
展开大地揉熟的呢喃之书。

脚步飞翔，谁染乱象，
莹莹肌肤惊呼经脉的美好，
我不在，泪雨暴涨天堂和传说，
伸出剧痛，你拥我入孤。

玉腹辽香

恰似清晨柳妆的静，
莲的含笑，在距离中央，
盛开夏初的情怀，
一眼眸一眼眸触手的绿。

时间撤走梯子，留你，
许我，眼眸与身姿，
泛牧春风，丽日俯瞰，
一寸寸辽原一寸寸聆听。

潜伏细胞的雷声，点燃，
混沌的知觉，纷纷犀利，
呼吸降落，慢跑，又起飞，
瞬间熔解一切意象。

旋转。飘忽。退让。迎接。
每一方环宇都在对应，
盈盈黑黑，漫天缈缈实实，
弹过去，飞回来，呓语流星……

终于，你回来了

数着我的心跳的，
是时间的秒针，
咔嚓咔嚓，剪刀的抚慰，
探寻你天际的脚声……

剪断，风尘千年的仰望，
走过来走过去，有转成无，
迎面流星荒诞，
深埋的黑长出寂静的苦，
八面空空……

空空是我的心毯，铺展，
一针一线呼唤，铿然，
尽头，耸起你的脚声，
赫然闯入心的眼眸，
海浪张臂……

多好——你啊！
复活的锁链如此解开，

多好啊——你！

从妙境的哪地获得转身，

迷上归途……

你不爱我

退下去，情的光芒，
躲到时间危岩的背后，
让黑，漫漫的黑，
覆压下来，
全部挤尽我的痴。

悬挂在绝望的深渊，
咫尺的香，笼着，
一朵怯怯的想，
天涯侧身，
晴朗搂着开心的吻。

谁唤的天河，是你，
失望锻造的耳坠，
闪闪的，远远的，
默许时间缠上人间，
踩掉的路重现。

不重现。百合临风，

数着岷山的烟雨，
听你隆隆的歌声远去，
每一句都滴着冰冷，
好好砸进我的心。

春 路

会讲古语的大雾说着话，
悄悄的脚步挪动，
修饰嘟噜噜的裙摆。
真的迈向你了，
我不管不顾的春天，
涌汇我的同时，
我牵你的鸟鸣。
隔壁千年，大雾宽衫随行，
阳光在尘土之后追逐。

哦，春天，穿浅色的快乐，
宠着绿绿的时间的呼吸，
眼波倒映过往的身影，
你知道你在我的心中。
一些抖动的路径匍匐前行，
宽阔成脚下坦荡，
坚实漫过徘徊，
万象都懂得退让两侧，
我滚烫的怀抱，

虚开人间风景，融你，

香你，成岁月厚厚的棉衣。

一条无语的河流铮铮，

粼粼拨动你我仅有的一颗心。

宠 幸

鸟鸣梳理你的遥远，
蟋蟀搂唱你的偏僻，
思念一枝枝一叶叶，
绿遍眺望，
归途在哪一双风雨停驻，
鸳鸯牵出涟漪的荷。

挺拔的痴情忠心，向天，
向我，向馨怡的目光，
淋淋深吻，一轻再轻，
每一湾时辰滤淀的温柔。

缘分笼盖的天帐依偎，
兰芷的体香啊湮没。

漫　步

我打开安寂的胸膛，
斟满少年童年的鸟鸣，
青年早已飞走，
弹回中年，一幢幢仁和，
在我宽阔的素朴中。

荡逸秋千的蝴蝶，
陪你来，蜻蜓来，他来，
云烟和风雨都出差啦，
我侧过身，仰着姿态，
默迎晨曦捧出朝霞许许。

亘古缈缈的笛语箫声，
拨弄我一吸一呼，
香清清的，你看，她看，
背影透透，微凉而金亮。

视线倒立，绒脸贴唇，
我不语，纯微笑，
莲叶荷花开透周身。

时光观我

时光观我以清晨的辽丽邃静，

我仰望得情怀空空，

黑色背景后的你，

躲开的岂止是痴情深望，

巨痛卷走我的牵挂。

我不知道的未来必来，

如你，茫然阔步的信心烟灭，

时光守护你千古无名，

一箭深吻我的呻吟。

可以无见大地激动的芬香，

无听无察我的呼唤，

近在身旁的一脚天涯，

美得无穷的你把今生虚挂，

万象深味我的海枯。

会心的终是晨曦在描绘，

懂我以朝朝轮回，

好好的，情感的天空，

一再灰烬我的青春。

挥一挥手，我带走你的深爱

那些语言的响马还在奔跑，
他们被他们自己的尘埃覆盖，
但是，他们的幻想拒绝相信，
他们是巨大的红花开放舞台。

我怎么原谅我的看见，
底片一样冲洗那些语言修辞，
怎么平息我的甘露？

你夹杂在他们的词汇中间，
习惯成标点符号的替身，
忠于顿号，让语言喘一口气。

我可以相信，是一道软时间，
拼接语言和你，那些麻木，
不要想起：你曾经深爱过我。

泪水把我带进等待

一眨眼攀上窗台的晨曦，
变幻书院里的双眸，
鸟鸣清涧之外的哪里，
藏着你的狠心，
不听，不见，不想我的活……

时间枯蝶上斑斓的记忆，
擦亮呼吸，涟漪眼眸，
你的月光中只有我，
我的莲香里宠满你，
一枚枚春风衔来生情，
山河抖下幔帐，
准你，许我，岩浆红红。

美想在灰烬之外，是蜃楼，
悬挂梦境的清凉，
我满身的泪海涌上高空，
让蓝蓝心宇一次次失色，
掉进冰冷的晶莹。

他 梦

最后，他做了一个梦，

轻轻地，他的手指绕过去，

把他的月光揽了回来。

他的背影走啊走，

几乎走遍东方的山冈，

他的笑容偎依着她。

秋虫照亮窗台，

呓语涂抹低温，

她的他哭了。

时间深得柔软，

一个梦超越一个梦，

他的她只在梦的前头。

第三辑

山峰撕下云和雾

群山微笑（长诗）

一

站在岷山之巅，我心澎湃，
目光如手，轻轻抚慰，
胸前这一院子里盛开的群山，
俨然若军队，波澜挺进，
在遥迢星空的对面，
在亚洲高地的中央，
长江上游与黄河上游之间，
环绕我以馨香的花蕊，原野，
雪峰，湖泊，铺上云端的村庄。

我如魂魄，归附群山。

群山是存在的另一种状态，
人生的另一种具象，
蕴含秘密，对应无限可能，
因为灵魂的进入而无比尊严。
阳光磅礴，从东面洒下，

风雨随心，因为感动，
千姿万态映现山山水水。

于是，我看见。

二

嶙峋山崖上，娇小地开放着，
一株野桃花怯怯的思念。

喇叭花助阵，羊角花簇拥，
从烟雨到日出，从秋日到春天，
岷江吟唱在蓝天的倒影中。
石纽山微笑，
历史遂心，
刳儿坪石刻是雷打不掉的记忆。

谁想搬动这石刻的天书，
向天而语，
这可是群山最早的表白。
谁敢怀疑这石刻的女阴，
不是人类最美的祈愿，
繁衍是战胜自然的第一方式。
谁会否认，这石刻的巨斧，
不是现实的手臂和思想的延伸，

在禹岷山导江的年代。

谁匍匐在地，
却不曾膜拜这古老的石刻，
这可是禹们祷告感恩的神台。
谁还会漠视这石刻的天象，
不是一辈辈先祖，
攀峰而上，直达天宇。

谁，还曾忘记，
这石刻淋漓的雨点，
从群山的天空滂沱而下，
冲毁炊烟，卷走希望。

谁，
还不想顺着野桃花的思念，
向往昆仑，复活禹的童年，
和他英雄的族群。

三

低矮的孔子高声赞美：
禹是天上太阳，照亮心扉，
禹是十五月亮，华贵而完美，
高高皎洁在仰望的尽头。

受宫刑的司马迁满腹惶恐，
面朝南窗，手握巨椽，
遥对大禹故里，
久久地，不敢轻易落笔。

时光花蝴蝶一样飞飞停停，
转眼落在东汉初年，
大禹子嗣的景云碑上，
赫然，粲然，铿然刻出：
——祖颛顼而宗大禹
——惟汶降神，梴斯君兮
神禹之邦破空而来，
——术禹石纽，汶川之会
跃出 1800 多年的风云，
好书一样展开在世界面前。

四

包括齐天高群山都要一尊一尊阅读，
每一尊都有每一尊的名字和威严，
每一尊都有每一尊的思想和个性，
每一尊都藏着一道神秘的门，
每一道门代表天地的秘密，
每一个秘密充满期待，

每一个期待攥紧村庄的双手。

开门。祖祖辈辈都在开门，
都想走进门里。
开门。山外目光也在叩门，
一茬茬奔来，一代代离开。

山挨着山，一尊一尊，
向天无语，
难道山的门都在头顶上空，
不在群山的掌中。

五

山的怀抱里是灵性的村庄。

布谷鸟欢心的笑语中，
炊烟如旗，房屋似岛，
前呼后应的水浪般的梯田，
从谷底直达高山的森林和草场。

牛和羊跟雨点移动，
随云雾起降，选择草的品质。

山歌牵动羌绣的奔放，

千年又千年的祖母，

踩过十八岁的心跳，远远地，

绕开村庄慈祥的火塘，

在羊角花欢呼的山坳上，

龙池映照涨潮的目光，

身体是漫山的花朵，

千年地开放祖父的心香。

山下，岷江架起美美的彩虹。

六

朗朗的军号撑起五星红旗，来了。

斩断村庄身心的枷锁，

从双手深入生命内部，

汗滴和心血散出粮食的本意，

泪水浸泡的苦难，

是失踪千年的蔚蓝。

沉默的群山笑了，手挽着手，

心向东方，打开第一道山门。

黎明是自己的，月光是自己的。

咂酒诡秘锅庄的豪情，
在雨过天晴的晒场，
在不断开朗的庄稼地上，
一场场丰收装满粮仓之后，
合作社哨声撩开生活的面纱之后。

是电影把山外的世界拉近许多许多。

七

课本跟随工作组到来，
红领巾娇嫩幸福的希望。

人、口、手，上、中、下，
1，2，3，4，5，6，7，8，9。

韶山、井冈山，遵义、延安，
我爱北京天安门，天安门上太阳升。

一个一个新异从教室的黑板上，
从核桃树斑驳阳光的凉荫下，
从大海航行靠舵手的高音喇叭声中，
快速到来，兴奋得群山青筋突起。

每条山路都不再那么坎坷和蜿蜒，

每种过去都记录着落后的凄惨，
在胸章和批斗会的光芒之下，
村庄的炊烟都朝一个方向飘动。
以供销社为半径，
以公社为圆心的群山里，
当家做主的喜悦浇灌的红花最美，
握紧拳头挺臂一呼的口号最红。

熄灭了堂屋里的火焰，
凋零了神龛上的千年供奉，
八仙桌的上首席入地了，
释比响彻天地的鼓声也寂静了，
房顶上白石神光消散了。

鼓出蛮劲，锣鼓喧天，
每个日子两头黢黑，匆匆忙忙，
每个村庄踌躇满志，不苦不累，
每个人都想告别曾经的过去，
每个家庭都备足天堂的观念，
打开胸膛，漂洗五脏六腑，
眼睛，清澈得几近灵魂的净土。

许多美好超出想象的速度。

八

羊山龙山羊龙山玉垒山，

山山魁梧，山山简朴，

灵盘山布瓦山涂禹山，

山山坚定，山山奋搏，

每座山都顺着原初的心意，

走出翠绿，雪白在村庄的梦境，

当果树庄稼口渴无泪的时候

让人想念那个给山命名的人。

他吞云吐雾，

他分布昼夜星辰，

脚步举起雄心和高远的眺望，

引领身旁和周边的生活，

修好每一条季风吹断的小路，

围猎群山中突然的天灾，

和兽的攻击，

把山的命脉与自己融在一起，

他手中一定掌管着开山的钥匙。

九

经过数千年万年的开垦和寻觅，

天空下的大地依旧紧闭双唇，

村庄依旧深刻着饥饿和汗流疲敝，
群山发出沉重的叹息，
再一次，
将目光投向更加辽远的天宇。

十

当村庄，
消瘦得快要被风吹灭的时候，
烟云暴涨，
海运流转，
天上的雨水飘进承包的土地，
久违的泥土沐浴新鲜的目光，
羊皮褂子打开惊喜，
一个接一个。

水蜜桃牵着甜樱桃的小手，
徜徉胃口，以美的滋味，
惊呆洋芋、番茄、苹果和李子，
亲人一样的山药材山泉水山野菜，
投奔旅行者的发现，
普通话的韵味点缀山风清纯的悠远，
岷江边上一条新生的国道，
奔跑着繁忙。

新品种玉米和小麦，
站在秋天的墙顶之上，
灿烂，欣喜，
迎送过往的鸟鸣和阳光，
等待盘山而上的专业镜头，
和文辞需要。

包括昨天的汗水和粮仓，
腊肉和香肠，
山歌振落露珠的柴垛，
绣花的新围腰，
走过格外清醒的清晨，
月色披挂的泉水边，
神迹处处的山道，
牛羊一样回到胸膛，
村庄以光与影的美好和谐，
登上报刊网络的脸面。

兰花烟熏染的故事
在岷江涛声的浇灌与陪伴之下
一条条山歌浇筑的水泥公路
揣着胆识，甩开臂膀
奔跑着卡车，摩托车，
轿车，微型车，小四轮，
震撼之美越过绑腿的千年固守，

憧憬着一日三餐之外的许多秘密。

短装，
从好奇注视山脚开始，
怯怯而简洁，
在麻布长衫的微笑中，
兑现教科书中逗人遐想的画面。

更多声音，
穿出尘埃和不解的眼光，
在黑白电视机节目的培训下，
漫漶大峡谷最初的色彩。

龙山上黄土夯筑的布瓦寨，
龙溪沟石头修砌的垮坡寨，
利索的电炉取代火塘。
穿着很少的明星，
一个比一个大胆野放，
开怀在烟熏的墙壁上，
看忙碌的山寨，
一天天，
习惯流光的水泥地板，
迸溅年轻的声音，硬朗而且权威。

十一

蛛丝一样的电线，
网络整片群山的天空和山梁，
淳朴失去爽朗，
神灵因为眷恋烟霞，
聚向更深的山谷，
更高的山岩。

起灰的山路上，
响动一双双刚落户的高跟鞋，
羊皮褂子和云云鞋，
都离开了痴情的心爱，
回到祖先的梦境和现实当中。
迪斯科与流行歌曲，
锻炼着村庄的筋骨和活力。
枝头喜鹊飞向天边，
草丛中的壁虎，
习惯了没有山歌的日子，
迎面吹来的海风，
没有了草木的呼吸和滋味。

山峰无语而看，
天幕上的星辰日月，
紧贴悬崖峭壁对面的虚空，

奢侈而夸张，海报一样，
点缀着老屋沉默的窗棂。

群山看见了自己的堕落。

十二

这样的日子很短，很锋利，
手术刀一样结束了村庄失血呻吟。

萝卜寨羌峰村三官庙村首先醒来，
新农村的风貌拉开了序幕。
图书室，活动室，远程教学点，
孵化出新的思维和活路。
东门寨雁门村芤山寨紧紧追上，
以最好的目光和理想，
海风一样深入大陆内部，
滋补群山一个个村寨的精气神。

网络以最快的速度看见，
假日都市人潮涌入这一片群山，
满脸兴致探入历史和民俗的中心，
布瓦山下卡库寨，雁门沟上白水寨，
徜徉绵虒禹庙的传说，
一边抚摸大熊猫，

近看化石生灵的憨态和心动。
一拨一拨影视拍摄和新闻报道，
传递山村自言自语的美。

羌笛在纪录片中探索发现，
羊皮鼓声在释比手中——醒来，
民间故事复活在书刊心里，
兰香的羌绣走出爱情的边界，
新的美好让世界爱不释手，
失踪的云云鞋回到深爱的山路，
感情兴奋点上山歌燃起。

十三

一束阳光雪亮了太久的沉默，
千里岷江大峡谷敞开心怀，
呼啦啦一声骤响，
一只凤凰从传说飞进村庄，
抖开一家家振作，
在气候时令的安排下，
新的心意走进洞房中的梯田。

青春的锄头在田野歌唱，
那些优秀的种子散发的芬芳，
那些族群的目光温存的力量，

那些血管中奔流的渴望，

月色下狗吠拨弄的心跳，

牵手针线缝合的秘密，

等待一匹白马奔驰而来，

速度仿佛唢呐的欢快。

泉水深入玉米里面，

清澈见底着樱桃的心思，

激情带着山的祝福，

咚咚咚，咚咚咚，咚咚咚，

在释比鼓的清洁和驯化之下，

阳光金黄凤凰的飞翔，

梦想拓开脚下这一片大地。

十四

高高的布瓦碉微笑着，

站在龙山的胸口，一座两座，

几十座，一任风雨来去，

在日月追逐太阳的舞台上，

倾听岷江向南的歌舞，

桃一样美，岁月一般苍凉。

多少世纪隐入多少轮回，

天空带来云状海水，

伴着阳光，飞落千山万壑，

梯田腰带上芳馨四起，

唢呐声中牧羊女手巧，

哺育玉米硕大方正，荞麦细腻，

彩虹在胸膛与土地之间，

古老突破寒冬，

舒心在喜鹊归来的枝头。

公元 2006 年，国家的眼睛终于看见，

这个名叫布瓦的黄泥碉群，

多少阳光月光星光融进黄夯土，

多少男人女人的手臂隐入碉身，

矗立金子般纯粹的心魂，

在龙山的炊烟下，

坚定山下一双双游赏的眼神。

十五

亘古的风儿流淌心间的柔情，

汉子一样敞开衣襟，

群山站在奔腾的岷江四周，

让胸膛对面的太阳，

鼓声一样看过来，看过来，

响亮而且持久。

山的体格，龙的霸气，
羊的灵动，汉子的睿智专一，
在岁月舞台上强悍，
群山拽着热血，寂然翻飞，
在天空与大地的经络中，
在云霞与村庄的心愿中。

汗水喂养殷实，
祖训拨亮火塘的温度
雨露一样甘甜历史，
石室与碉楼，涨满筋骨，
饮食与死生穿肠而过。

千年图腾是羊，是龙，
穿行在久远的天空，
凝结感恩的歌声和万方仪态，
峡谷不再空荡，
诗人不再流浪，
岷江水面捧出一朵朵莲花。

素面朝天，群山感受着内心的灿烂。

家 政（组诗）

引 子

感伤的心是一册半掩的书卷，
在浮有冰层的空气里，
被岁月轻轻撞击，
于铺有甘苦的道路上，
被远离尘寰的魂灵深情召唤着。

扶住自己，一步一步，
向炊烟弥散的民间走去。
一路上我看见了石子，木头，
森林，溪水，流云和鸟鸣，
以及一种概念为核心的家。

神话和文字影随身后，
冷风一般，凉透我的脊背。

儿 子

民间说儿子是一把伞，
让手指细腻的妇人遮阳又躲懒。

而我，儿子的父亲，
在这柄稚嫩可食的太阳伞下，
匆匆地离开，
慌慌地回来，
朝如斯，夕如斯，
护着他的身，
呵着他的魂。

迷我如雾哟我不满两岁的儿，
我是一位兴奋异样的游者，
顾不上坐下好好食一餐饭菜，
来不及褪去潮湿周身的衣履，
我已隐失在你，
秒胜于秒的层峦叠嶂中了。

儿子，乖巧的儿子，
你该是灵动活现的心理学，
真实无虚的历史学，
高度浓缩的人类学，
幽默风趣的语言学，

令求知的父亲牵来青春的母爱，
一同坐进某年某月的某个日子，
欢天喜地地阅读，圈点，画线，
心的波澜在斗室之内，
荡过去啊荡过来。

多数时候儿子是一株绿色藤蔓，
纤纤细细地伸上来拴了我手，
心痛痛地爬过来缠了我脚，
那向往蔚蓝色海天的眼神啊，
委落如一屋子的红地毯，
儿子的笑声在上面，
跌跌撞撞也不疼。

妻 子

田园边上，眼里的涧水，
打湿了我脚的光芒。

那一年的云怎么那么亮丽，
那一年的风怎么如此撩人，
妻子啊，那一年我的田园不美吗？
牵牵手，谈谈北岛，
学学 New Concept English，
星点如被，

笼住了两颗逃逸现实的语言。

一个粗脚笨手小脑子的男人，
飞蛾一般闪进了你的庄园，
粉了你的墙，亮了你的窗，
清了你的蛛丝墙角之后，
许多善良一看见你就微笑，
偶尔也去看看我的田园，
杂草茁壮高过了禾苗，
乌鸦停满只剩下呼吸的树上，
一滩滩的沙粒淌过了河流，
天啊，妻子睨眼而视的我的田园，
有我心血日夜浇灌的名贵树种，
一些花卉和可以疗慰伤痛的草药。

抹完胭脂，妻子挎上胃一样的包，
嘀嘀嗒嗒去了假面舞会，
把她庄园的门锁留给了天空，
很明显，一只黑色枪口对准了，
愤然喘息的我，啼哭要吃的儿。

吵 架

轰隆隆轰隆隆，山崩了，
坍进了大海的平静。

大海掀来万丈高的排浪，
一层层，从高空砸向山岭。

多少草木虫鱼飘逝天宇，
没有了山，不见了海。

万年过后，彩云上天，
新的三叶虫爬动在夫妻之间。

丈 夫

我是丈夫，嘘，小声点儿，
妻子在屋里。

丈夫丈夫一丈之内是夫，
一丈之外就不一定了，
妻子是这么说的，哼。

闭目时时修炼，泪雨横飞，
柔顺如耳，
丈夫钢铁般的拳头和软似膝。

深居闺阁也能窥视窗外，
浪花飞溅古代文化，

涛声缤纷现代文明，
许多诸如丈夫的青年从西向东，
从南到北，在世界的版图上，
看幽幽大海，观泰山日出，
绘画，写诗，搞建筑艺术，
展翅飞播迷魂的微笑，
一边哼唱走下山冈的曲子，
一边消灭穿脏的衣服，丈夫，
用他青春热血的气息温暖着房间，
抚慰地板和碗筷杯碟的心情，
一遍又一遍，
直至微笑把妻子抛向帝王之位。

婚 姻

你是水哟你是水，
盈盈无形漫上了山川，
漫过了文化和时间，
我的呼吸在万仞云涛之上，
月亮前方，太阳的旁边。

宇宙融融是一座殿堂，
星点都成了童话，
萤火虫在轻盈盈地飞，
蝈蝈虫在呢喃地唱。

依依地哭了，着陆家园之后，
我看见水还是水，山还是山，
倔强的山阻挡了潺潺的水，
向海的水流冲击着巍巍的大山，
妙就妙在窄窄的山水之间，
平添了一筷子绿洲，
中有小鸟啁啁啾啾，
鸣翠山林，去飞踏水波。

母 亲

一片半黄半绿的树叶，
别离枝头，飘啊飘，
飘作山间一抔新堆的坟茔，
此生至爱的母亲，
就这么生生地离开了人类。

如山似海的人类啊，
时间一般来来去去，
采上几枚喧嚣的政治家，
从不在意那些卑贱如泥的母亲，
只是她的儿女，有中国孝道，
西方人道的儿女才会江河般忆起，
母亲在怎样一种高寒地带，

给了我们滴水之恩生身之情啊。

但我不能以机器点钞的方式，
追述起母亲的种种好来，
母亲的好散漫于时间，
是朝是夕，是日是月，
是网蝴蝶的网网漏了的一切，
是文明课本难以收容的一切，
母亲的好啊存且存于浩荡空间，
当世俗的阴风刮走了青春的热气，
巨大的小石子碰疼了心坎，
还有那么多的荆棘丛生，
刀光剑影在等待我们再受伤害时，
母亲的好便以泪流不止的方式，
浮现在我们缅怀面前。

西山。中国西南，
四川西北一座极其普通的陡山，
羊群一样点动山冈的是古羌后裔，
他们的咳嗽清淡如痛，
他们的语言苍茫如无，
母亲就在这一片羊影人声中，
且耕且牧的状态下，
将我们六个子女，
一个一个排放到这个世上，

并且给我们嘴，给我们手，
给我们做人的良知和坚贞不屈。

母亲奔波一生贫瘠的腿断了一只，
忙碌风雨的手也弯曲断了一回，
牙齿松动残缺，磨不细食物，
只好带上腹部陈旧的疤痕，
胸前新开的一处伤口，
和知书识理的丈夫，
在年关用铁火钳赐予她的断鼻梁，
梦幻一般离开了儿女，
撒手锄头，种子，冬柴，
囤积于仓的粮食和新建的房屋，
从邻县医院的病床上。

凛冽的寒风吹着母亲的日历，
呼啦啦翻开儿女的泪眼，
刚好到了第六十二页。

祈

江河总是流过陶渊明的村庄，
水波闪闪，草屋八九间，
清风和鸟鸣空灵着山谷，
草的绿波间，新的神话，

新的文字在触动，在孕育，
像孩子天真无邪的眼，
一颗颗露珠，
在太阳光芒的装饰下，
叫人玄想迷离。

山魂乐章（组诗）

一

正午时分，鲜花开满整个院落，
千朵万朵缤纷得恰如没有。
最早看见最近的一朵，层层叠叠展开，
阴阳向背，似如群峰灿烂，
我只想讲述其中一匹，这花的一瓣。

明灭高空，佛平静地观看着，
倾听我与这山灵魂的交谈。

二

一切从无形中来。一切归于无形。
无形是大地的心脏，万物的家园，
柔弱的意念像一根豆茎将我们生成，
佛是雨露。佛给我们光环和生死的经历。

一双草鞋托举着我们南北的行走，

呼吸齐天深的草香，木香和水香，
在这世间，我们的身骨高贵而低贱。

离鸟声最近，我们欣赏鸟的自由，
单纯而干净，我们就是临风飘逸的清丽之涧。

三

羊从山间走过，神话在记忆中走过，
我们周身布满村寨、山谷和云天。

耕种与日晒是一回事，
含笑与仇视也是一回事，
我们削减对方，消耗自己。
遂想起远古海洋，
在某个透明的日子里掀起万千高峰，
万千花瓣，生命的居所，
我们一生就是从花瓣的高峰走向平地，
走向海边，去阅读宇宙的夜晚。

将来路装订成册，沉入年轮底层，
回头，所有的回头都只能救醒一部分人，
极少的人将在回头的瞬间转身赶路，
追日与沐浴月色都需要千倍的付出，
坐怀不乱的操守。

四

一场大雨把世界冲刷得雅亮新颖，
山，坐北朝南，
胸中荡起洁白的诗句，从山脚飘向山顶。

俏皮的蘑菇拱破山的肌肤，沾满新土，
彩虹在空谷之上孕育新一轮的神话。

鸡叫第一遍，
我们赶着马帮穿越森林幽僻的梦境，
鸡叫第二遍，
我们吆喝耕牛走向田园，
鸡叫第三遍，
梯田里麦苗青青，布谷声声。

眼里只剩下一坛坛咂酒、石楼庭院，
篝火、山歌和原始舞蹈，
在山的掌心勾勒一幅幅神秘与浪漫。

五

我们执意地行走，至多是一种解脱，
从无至有，从灵魂到肉身，
像青草泛青荒原，像大师挥笔长空。

许多的一颗心如履薄冰，如临深渊，
我们不欲凋落，我们不愿苟生。

童话的萤火虫在记忆的入口照淡我们，
我们的行走伴有红日，伴有黑夜。

幽怨的羌笛，从最苍凉的脚跟响起，
我们的耳朵早已品不出无柳的苦涩，
精神在野外，找不到投靠的旅店。

六

许多歌是同一首歌，无数梦是一个梦，
巍巍的高山将目光弯弯地拉回去，
劝我们注视，久久地爱它。

一山一花瓣，很多山是一朵花，
佛的花，开在时光缈缈的天堂，
降下甘露，播撒轮回，
将我们滋润，把我们拯救。

瞭望在继续（组诗）

——站在茂县古湖盆心口上的金龟包

启告：我或者祖先

埋下的头颅都开出满山的花香，
在时间的岛屿上凝成脊梁在瞭望。

必然走来更加丰硕的族群，
必然燃起更高的火焰与信仰。

一章章①山水庭院舒心我的妩媚，
一尊尊②千古豪情随我站起来。

岷江来

空中飘来的水是神旨赐福的琼浆，
滔滔的波光覆盖层层的天光，
孕育从单细胞开始的轮回。

---

① ② "章章"和"尊尊"，在使用上属超常搭配，隐喻山水庭院如诗如文一篇一章，
可长可短；千古豪情也是有形象有尊严的，在韵律上彼此呼应，呈现开篇"启
告"的意境。

众多水流朝我流。众多未来向我来。
那时，处处透明，八方平行，
太阳神鸟在时间和空间中飞进飞出。

后来岷江成为复活曾经天光的借口，
从远离浩渺蔚蓝的岷山之巅，
走下来，走下来，走成一个形象。

一条劈开众水的水。岷江来了，
驱散众多的覆盖和静静酝酿，
荡去种种隐晦和长期等待与妄想。

群山聚

众水撤退的瞬间苍茫而匆忙，
一叠一叠背影在蓝天的对面，
绵延成山，相拥成峰。

彼此呼着，应着。围着挤着，
戏着。唯一的岷江磅礴地流，
心中藏着天空的蓝，故乡的远。

长风拍打着群山莲花一样开，
翡翠的山色涂抹着大地的慈悲，

跑出生命的欢笑一层层涌起。

壁立阳山的肌骨丰腴得诱人，
勾引阴山的长发含蓄而思念，
拉起云帐，心痒痒，手痒痒。

炊烟升

你，高举着旗帜爬上岸来，
代表大地第一枚裸子的生命，
怀着他，第一枚被子的生命，
冲出花岗岩硬硬的封锁，
歌唱在岷山怀中，并且遥想，
那些发育在海水的单细胞祖先。

然后，一星星绿色站起来了，
顺着被子手臂伸展的凉荫，
一丛丛巨大的生命站起来。
顺着阳光牵引的方向，
所有可能走出不可能的界限。

然后，亿万年来第一次心跳，
未来儿孙的第一尊祖先，
在惊恐，在判断，在机警中，
永远地打开了自己的家园，

培下追思，从未来走来。

顺着白石倾吐的一束束火光，
一代代脚声响起来，
一丛丛茅屋冒出来，
顺着炊烟升起和飘散的方向，
遗传中的儿孙一个个喊出来。

战鼓狠

到底是谁的手指拨开了光亮，
赶出地底全部的黑暗。谁？
将五色的家园丢进寒冷。
到底是谁的私欲践踏了天空，
打翻所有的心血和牺牲。

我用自己的骨头敲打着战鼓，
一浪高过一浪的声声战鼓。
在这片凌乱八方的土地上，
没有什么比这鼓声更加动听，
没有什么比这冲锋捍卫更加真实。

宽阔的刀锋迎着四面的袭击，
一次次飞翔，一次次婉转，
犹如猝然倒地的浓浓黑影，

仿佛欢畅我血脉的子孙。

碉楼起

昆仑岷山重现清明的时候，
手掌中的水罐依旧温婉，
月色下的赤脚依旧约会，
每一个黎明呼唤的炊烟依旧，
唯有山梁上碉楼在默默地升起。

在无穷新的视界里点播风云，
随海拔远远近近，随季风高高低低，
随岷江呐喊的涛声峻拔而巍峨。
日光月光星光目光和着石头，
一层层密集，严严地砌进碉楼，
生长在千山万水的眼睛和耳朵里。

海水落

放纵众水刹那回归的海水，
思念这唯一忠诚隽永的岷江，
声声切切滴滴浇灌的心扉，
在沟，在谷，在渠，在湾。

在须，在根，在枝，在叶，

在日月烘烤的炽热废墟，
在狂暴风沙卷走的村庄，
在衣食盎然的天府之国。

遥远的母性的痴痴的海水，
踏上高空梦幻般的彩虹，
和着神旨的旋律，放牧云团，
或高或低，亦轻亦重，
滋补道路编织的世外田园。

大气生

所有季节和风云揽在脚底，
一切的漩涡解开纠缠。

看我的手指翻转的魅力，
向东，向西，向南，向北，
向众水居住的生命家园。

听我的节拍疏疏密密，
入山，入水，入情，入理，
入众神心中秘密的乐园。

尾声：招魂或安魂

一代代具象和抽象都已远去，
背着我的目光和年年深沉的爱。

遗弃的灵魂被我邀进文字的森林，
彼此亲吻而用力拥抱，甜甜依偎。

这些久别的尊严和世间独一的群落，
将我的胸膛和诗篇吟诵得血红，血红。

第四辑

撤掉那盏聚光灯

想你，请许我香你

你的手指，从丝绸蓝的天空，

伸过浓浓乌云，抚摸我，

此刻，周身芳香的我记得，

犹如亿万年前的海底，

托起巍巍的昆仑，

捧出绿绿的盆地，

想想现在，十年一瞬，

十年一吻啊，

信念的根须一针针缝合，

你呐喊阻止我当年的破碎，

十年一吻，十年一瞬啊！

你且请听，你且请看，

我的诗行，钻出土壤，

我的呼吸，荡去泪雨，

四面起落的月光，

照亮我的脚步和双手的力量，

一盏太阳，挺拔我的脊梁。

曾经的一切奠基道路和楼房，

希望的海鸟拍打春天的海浪，

向我飞翔，向你歌唱，

正如你目光盈盈中我在生长，

正如我在你微笑熠熠里日夜滋养，

一扇扇窗户，一家家信仰，

围成这个族群最好的火塘，

更多的翅膀在自己命运中翱翔。

灵魂诗行中的每一个细胞，

闪烁东方昆仑独有的才情和智商，

胸怀长江黄河千古的柔肠，

吮吸四季的交响，

人在涅槃，情在欢畅，

红领巾的嘹亮洒满青春的臂膀，

沾满露珠的星辰啊，化作稻粱，

我的心跳攥紧期待的光芒，

我的生命酿造生活的琼浆，

如同昆仑岷山中奔流的岷江，

送来天府的富庶，

一浪一浪，澎湃我的目光。

十年一瞬啊，十年一吻，

血脉中思念的想象，

是吸纳八方灿烂天地的花香，

即使寒冬烟雨再起风浪，

谁都知道，谁都知道，

矫正航程的你我永在岁月心上。

时间的聚光灯撤掉

一

哎哟一声，目光趔趄了一下，
扯痛被宠的优越。
这一江两岸新生的事物，
在蔚蓝天空的对面，
旋转着未来。

走过去，我亲爱的诗句，
一把搂住这一切，
失去灯光的舞台上的一切，
眼里迷惘，声音战栗，
大脑中空白。

二

风，早已翻过山头，
因为赶路，
留下一大湾寂静，

烟雨葱郁炊烟，

星空飞出小鸟，

正午挑来清晨和黄昏。

岷江的枝头上，

羌寨一朵一朵散出幽香，

莎朗点燃山歌，

火塘沸腾咂酒，

我的心，我的心扔掉思念，

跟上枇杷追随樱桃，

杏子牵出李子，

核桃挽住枣子的手。

三

站在涛声之上的岷山之巅，

胸前万象沉淀内心，

忧愁擦拭双眼，

那些被巨大海浪掀来的时空，

纷纷涌进千沟万壑，

嵌入一株株生命。

钻出大地，朝天奔跑的生命，

——埋下遗传的头颅，

扔下簇新的绚烂，

匆匆欢笑，

在钢筋水泥的威仪之下，

历史无声的车轮，

正在转弯，

像我在朗诵自己的诗篇。

绝望的翅膀在时间底层，

一点点星光在腐烂的中央，

锋利的路途悬挂当空，

天意在深渊，

他们，都在等待我的结束，

等待语言走出人类，

脚步回到爬行，

时间压迫生命的视野。

四

我的渴望走过荒漠，

热血煎熬酷热，

我将自己凌空放逐，

千年一瞬，

我把自己隐藏在未知的领域，

万年一念。

劲劲消化重重高压，

盈盈照亮层层漆黑，

我知道，知道物质的方向，

我的心的芳香，

正引领万千纯净的美好，

跃出阴暗，

轰然，铿然，种种有声。

我看见我的倒影，

微笑在文明最好的昆仑，

绕膝一群高原江河，

放纵无数生机，

灵魂相吻，尊严相拥，

在我筋骨肌肤之中，

时间忙来忙去，像个真正的母亲。

想 泉

我知道眼前疯狂后冷静下来的乱石，
深埋着一泓清澈的泉，曾经歌唱的源，
远远地与现在，隔着千年万年，
每一阵清风过去荡漾浅浅的水波，
那么甘爽地幻想过，慰藉过路人的干渴。

我的到来是泉水向所有生灵作最后的告别，
除了痴情双飞的蝴蝶和细腰身长的蜻蜓，
还有轻盈的小鸟飞落泉边心思的小憩，
茶马古道上幽幽的歌谣，吆喝，炊烟，
那些短短长长诱人前行的传说和胆量。

都知道这泉水在生命和风光中的价值，
太阳烈烈的火焰奔跑的背景下，
拒绝燃烧的脚步和渴望青绿的肌肤，
早与泉流的一生不得分离割舍了，
喉咙发出虔诚，敬畏和期盼的声音，
是我们与山与路与天空下唯一的泉，
缔结的关于生与死、静与动的情缘。

还有什么比此刻默想，独自凭吊，
更能亲近泉的慈悲，清洁伤痛和覆没？
——凉水井中井水凉，
——石纽山上山纽石，
近在咫尺的民谣，转眼被灾难推进遥远，
我知道我的到来是这个世界更多的看见，
这山这泉挥手往日的美，勾销曾经的恩。

太阳光芒从露骨的石纽山上轻轻地抚过，
重压之下暗想春天的甘泉，从此开始，
新的风雨将牵引出无数新的生命，
新的故事将在毁灭之上，破土而出。

从前的现在

明亮的说话声把我带出梦境，

借着熹微的光线，我离开床头，

嗅着老屋的气息，我知道，

今天新房就要破土挖基脚，

帮工的亲戚围坐火塘，

一碗一碗接过母亲的热忱，

让煎蛋玉米酒呼唤出血管中的激情。

踩着兴奋和期盼，我绕道来到工地，

看见熟悉的锄头、簸箕、木铲、背篼，

绳子、白灰、水桶，比我来得更早，

各就各位，在清晨的凉意中，

等待意义和使命复活在主人的手中。

在画眉甜美的歌唱声中，

从对面东方山顶上，

更多的光线倾泻而下，

阳山上的村庄，一个接一个，

睡莲一样浮出幽静的夜晚。

带着梦想和干劲，所有工具踌躇满志，
朝着经验与预想的方向，奔跑着，
不多时辰中，崭新的泥土堆积成山，
一人深的房基坑道，四向通达。

一壁隐藏的老墙满含慈心，
走进一上午的喜悦。
宁静中，我与遥远的祖先重逢，
完成现在与过去的对接。

古老的心血回到未来的现实中……

昆仑看（长诗·首章）

【石磬】引起

浩渺时光里每滴时间，
本身都是干净，
通透，而且体贴。

我是其中一滴，
跳出浩渺，独行时光之外。

我要把我的全部还归时间，
还归光芒和天意，
还归一切背后的无有。

【水滴】无有

无有是乡愁的渊源，
无有是万有的起点。

是可能与不可能，

消逝和出现，

可知与不可知的盲点。

一切物质出发的机缘，

一切生命基因的家园。

【水声】啊，家园

无论我的语言，

行走在哪一处坎坷或平安，

不论我的灵魂，

芬香在哪一瀑圣洁或阴暗，

你都用最深的沉默把我看见，

伴我童年，随我青年，

经受生活的低压，

经受理想的高压，

经受生死的洪炉熔炼和锻打。

啊，家园，

只有你才安全我的身心，

完善我的灵魂。

啊，家园，

我是你枝头上点亮的春天，

我是你根脉里种子成熟的秋天。

【朗诵】我

我是我很小的一部分。
我是上帝注视的一个生灵，
思念的湖水倒映宇宙的深情。
我是心灵分娩的孩子，
即使穿过荆棘冰凌，悬崖和深渊。

一切形态都想规范我，
一切悲伤都想替代我。
我是我最好的灵柩，
我是我一生唯一的守灵人。

我是我永远的情人，
痴情中幻想，经手秘密。
我是我最担心的人啊，
风雨岁月驰骋我的筋骨与黑发。
季节的飓风撕扯我，
大地的眼神聚集我，
再多迷惘，清清楚楚，
再多坎坷，坦坦荡荡。

【钢琴】我的体系

我皈依了我的宗教。

在生存得卑微与追求得高尚之间，
我成了我的宗师和唯一的信徒。

而且，我是我的国度的王，
巡守我的疆土和尊严。
我是我的奴隶，
劳役在我人生的监牢里。

在月起日落的风车上，
我是我的儿孙，承传基因。
在荒草长满目光的梦境中，
我是我的导师劈开坦途。

看啊，远飞的星空是我，
回归驰骋的土地是我。
我是我的宇宙，
身体里储藏神秘和科学。

终于，我做了我心上的人，
坐在时间的长椅上，
我偎依着我，看细胞成星辰，
在生命中，飞远，飞近。

【石磬】星辰

必然有一朵神话的雪莲，
在蓝色情感丰沃的黄土之畔，
璀璨一座昆仑，
飘逸东方的神话，——深怀。

瑶池是昆仑的柔情，
惬意西王母一颗思念的心，
三青鸟衔来长生的果。

必然有一雌一雄两条河流，
从昆仑两侧，流淌炎黄大地。

雪莲把唯一的心跳传递给未来。

【唢呐】未来

新的声音经过我的生命，
淌出汉语蜜汁的心意。

炊烟亲吻雪峰的山脚下，
一道道海浪奔涌过来，
浪花抛起千年万年呼唤，
未来必来。

时间的枝头红润起来，
灵魂的山头捧出圣坛。

四面都是辽远，
当中崛起苍茫的人生，
是儿孙，也是母亲。

【飞瀑】母亲

遥远的思念更加遥远，
与我合二为一，
在今天，在昨天，
天上的母亲随我永远。

时代的春风吹遍古老的大陆，
我是大陆枝头上一朵奉命的花，
历史的芳香甜甜地涌来，
最好最深的根是祖先母亲。

母亲随我穿出沉默，
含苞村庄，
昂扬族群，
母亲随我跌宕辗转，
御风翱翔。

并且，牢牢抓住脚下大地，
在文明板块的碰撞和交融中，
母亲随我矫正北斗方位，
随我扛出新的山系。

挤散积压的目光，
荡去失语的乌云，
一再磅礴山的高度。

啊，母亲的目光经过我的双眼，
经过羌族，经过汉语，
经过诗歌，披在我思念的身上。

【箫声】汉语

每一句鸟鸣都是汉语，
每一盏昼夜都是汉语。

我在月明五更时刻，
投胎期待，
穿过母亲，
穿过饥饿的生生死死，
落脚羌寨，这个小小的驿站。
每一粒细胞都注定环绕着汉语，

怯怯欢喜在旁的，是羌语，
煤油灯一样照亮亲人的脸庞。
顺着母亲青春的回眸，
柔弱的记忆把我带到更高的海拔，
带进汉语稀薄的童年。

此时，一浪浪毫无面孔的海水，
正浪进绰约的群山，
漫上靠天编织的云上村庄，
卷走半间老屋里蹦蹦跳跳的我，
圈入半水半泥的学堂，
一个个陌生的文字，
迈出一笔一画、模样方正的步态，
在昏暗的时间里散发奇丽的怪香，
喂养我一生的少年，
以半生不熟的质感。

当崭新的海运撕碎漫长的泪水，
我的幸运才把我扔进蒙昧之后的黎明。

【笛音】啊，黎明

裂开时间的冰层，
消尽漫漫漆黑的挤压，
真正的黎明，

从生命的花蕊，
散发一个时代的香味。

啊，黎明，
从遥远祖先的心口升起，
从命中注定的天意升起，
千种语言青翠迎面，
含笑向我，
展开群山太古太久的思念。

【潮水】思念

神把我的心跳放进神的目光，
说：合乎天意吧，
我无处不在。

我把我的魂灵放进我的生命，
说：顺应天意吧，
让心看见本相。

一物质一物质从无形挣出来，
一光年一光年从黑暗，
跳出来。

图书在版编目（CIP）数据

祖先照亮我的脸／羊子著 . -- 北京：作家出版社，
2019. 8

（中国少数民族文学之星丛书·2019年卷）

ISBN 978-7-5212-0583-1

Ⅰ . ①祖… Ⅱ . ①羊… Ⅲ . ①诗集 – 中国 – 当代 Ⅳ .
①I227

中国版本图书馆CIP数据核字（2019）第109493号

祖先照亮我的脸

作　　　者：羊　子
责任编辑：史佳丽　李亚梓
特约编辑：陈　涛　杨玉梅　郑　函
装帧设计：孙惟静
出版发行：作家出版社有限公司
社　　　址：北京农展馆南里10号　　邮　　编：100125
电话传真：86–10–65067186（发行中心及邮购部）
　　　　　 86–10–65004079（总编室）
E–mail:zuojia@zuojia.net.cn
http://www.zuojiachubanshe.com
印　　　刷：北京玺诚印务有限公司
成品尺寸：152×230
字　　　数：138千
印　　　张：11.5
版　　　次：2019年8月第1版
印　　　次：2019年8月第1次印刷
ISBN 978-7-5212-0583-1
定　　　价：36.00元